A Volta da Mulher Barbuda

Carlos H. Peixoto

A Volta da Mulher Barbuda

1ª Edição
POD

Petrópolis
KBR
2011

Edição e revisão **KBR**

Editoração **APED**

Capa **KBR**

Imagem da capa **montagem sobre arquivo Google**

Copyright © 2011 *Carlos H. Peixoto*

Todos os direitos reservados ao autor

ISBN: 978-85-64046-55-9

KBR Editora Digital Ltda.

www.kbrdigital.com.br

atendimento@kbrdigital.com.br

24 2222.3491

B869.3 – Ficção e contos brasileiros

Carlos H. Peixoto é funcionário público. Por força do ofício, passa os dias em frente ao computador procurando cabelo branco em ovo de lagartixa. Escrever foi a maneira que encontrou para ver-se livre das amarras da burocracia. Publicou os livros *Memórias de um Publicano* e *Contos da Refazenda*. Casado, reside em Ipatinga com sua amada Dulce, tem duas filhas — Laura e Maria Cecília — e uma cadelinha maltês chamada Meg.

E-mail: chpeixoto@oi.com.br

À memória de meu irmão César, o Caçapa,
vendedor de leite aguado pelas ruas de pé-de-moleque
na cidade de Caratinga.

*"O homem é o único animal que ri,
e é rindo que ele mostra o animal que realmente é."*

Millôr Fernandes

SUMÁRIO

Prefácio

A o abrir um livro, o que você espera encontrar? Um debate filosófico ou dissertações sobre o aquecimento global? Considerações sobre o fim de semana na casa da sogra? Solução para a corrupção política no Brasil?

Você procura informações sobre gripe suína, febre bovina? Ou gostaria de saber a quantas anda o preço do aço na bolsa de mercadorias?

O que você faria, ao perceber o chão se abrindo debaixo dos pés? Aceitaria a fantasia de Chico Buarque sobre a redenção humana? Cairia de joelhos, bíblia na mão, lendo e relendo o livro do Apocalipse? Ou buscaria conselhos de um cronista, J.T. Palhares, por exemplo?

Mas, quem é o autor Carlos H. Peixoto, criador do pseudônimo J.T. Palhares? O último fiscal de Sarney? Um sonhador, que de combatente da carestia transformou-se em cruzado contra a baixeza política?

Dizem que o sujeito não é santo; bom filho, casado, tem duas meninas. Talvez seja apenas um cidadão que almeja viver numa terra de políticos honestos.

Talvez. Pode ser que o autor de *A volta da mulher barbuda* seja fanático por romances policiais, metido a filósofo, um alcoólatra viciado em sopa de letrinhas.

Tantas perguntas, apenas uma certeza: quem se arriscar a ler *A volta da mulher barbuda* não encontrará respostas. Mas, ao fim da aventura, o leitor estará repleto de indagações.

Francisco de Paula Santos
João Monlevade, maio de 2010.

O AUTOR SE APRESENTA:

ESCREVENDO PARA AS BARATAS

O auditório de setecentos lugares estava lotado de baratas. Baratas por todos os lados. Baratas nas poltronas, baratas nos corredores, baratas nos ventiladores de teto. Um ou dois milhões de insetos das espécies Blatella germânica e Periplaneta americana: eram donas de casa, camareiras, bibliotecárias, operárias, bailarinas e executivas.

Tranquilo atrás das cortinas, eu aguardava ser chamado. O apresentador, uma barata de cartola na cabeça, anunciou meu nome. Foi eu entrar no palco e receber nos ouvidos os apupos irritantes dos cascos das baratas se esfregando umas nas outras.

O anfitrião fez as mesuras de praxe, me convidando para sentar em uma poltrona preta, besuntada de essência de baunilha — guloseima muito apreciada pelas baratas de auditório. Tão logo me acomodei, milhares de baratas subiram pelos meus pés, cobrindo quase todo o meu corpo, exceto a cabeça.

Aguentei firme. Olhei em volta. Minhas fãs estavam eufóricas. Eu era o convidado especial do debate ao vivo "O barato da literatura", programa de entrevistas com escritores fracassados que ia ao ar nas madrugadas de sexta-feira. Daí o público ser constituído exclusivamente por baratas noturnas: as moscas estavam dormindo.

O assunto da noite era meu novo livro, *A volta da mulher barbuda*. Uma baratinha de uns dezoito aninhos, recém-saída da casca, piscou pra mim, entregando-me um caderninho com a mão esquerda para que eu lhe desse meu autógrafo. Assim que atendi a mocinha, o apresentador começou a entrevista:

— J.T., de onde veio a inspiração para este novo trabalho?

— Escrevo para *O Morro do Geo* desde 2005, e nesses cinco anos como cronista da página dois nunca recebi sequer um bilhete dos leitores. Um dia, que grata surpresa! Era uma carta do nosso inestimável Chico Barcelona, honorável "vagabundo", assim denominado pelo ex-presidente FHC por ocasião da primeira Reforma da Previdência. Foi então que me veio a ideia de reunir algumas crônicas e oferecê-las a vocês, queridas baratas, em formato de livro.

— E o que estava escrito na carta, será que você pode nos dizer? — perguntou o apresentador.

— Oh, sim, sem problemas. Em verdade não se tratava de uma carta nos moldes tradicionais. O papel que veio dentro do envelope selado, entregue pelos Correios & Telégrafos, era uma folha de caderno espiral; tinha data, remetente e destinatário como se fosse uma carta antiga, do tempo em que se escrevia com bico de pena. Ao abrir o envelope, me surpreendi. Não estava escrito quase nada, apenas amabilidades, elogios, em caligrafia legível. O que seria aquilo? Parecia uma mensagem cifrada. Dentro do envelope, enrolada em papel de padaria, havia uma foto em preto e cinza, com um pontinho branco bem no centro. Peguei a lupa e, embaixo da foto, com muito custo consegui ler a legenda: "Caspa de barata sem calcinha, fazendo topless em minha escrivaninha."

De repente, uma cascuda bateu asas, ameaçando pousar na ponta de meu nariz se não a deixassem falar. O apresentador, atento ao perigo, cedeu-lhe o microfone, e a barata perguntou:

— Palhares, também sou servidora pública, faço um serviço chato, sem *glamour*. Na semana passada, quando eu estava roendo uma caixa de notas fiscais, deparei-me com as aventuras do Fiscal da Calça Listrada. O que te levou a escrever tanta bobagem? Aliás, nunca devorei páginas tão deliciosas.

— Você deve estar se referindo a *Memórias de um Publicano*, não?

— Acho que era esse mesmo o título do livro — disse a baratinha, jogando as antenas para trás.

— *Memórias de um Publicano* foi meu primeiro livro. O segundo, escrito em homenagem ao sítio REFAZENDA2010, criado pelo grande amigo Otávio Mancini de Belo Horizonte, foi *Contos da Refazenda*. N'*A volta da mulher barbuda* peguei alguns contos, artigos e crônicas escritos para O Morro, dei uma guaribada e está aí o resultado. O que me leva a escrever tanta bobagem? Não sei. Sou um cara tímido, gostaria de abraçar o mundo, por isso me exponho frequentemente nas páginas do Morro e frequento as redes da liberdade.

— E sobre *O Morro do Geo*? Fale-nos sobre as crônicas que você escreve para o jornal.

— Não tenho a pretensão de achar que sei o que estou fazendo ao cometer o disparate de escrever para o jornal criado em João Monlevade, por Marcelo Melo. Ao contrário do poeta, não tive ouro e nem gado. Já vendi picolés nas ruas de Ipatinga, lavei carros, engraxei sapatos; hoje sou funcionário público, aprovado em concurso, com muita honra. Mas deixemos de conversa e vamos ao livro *A Volta da Mulher Barbuda*, porque dentro do adulto há um menino que ainda brinca de pique-esconde. Eu queria ver o mundo pelos olhos de minhas filhas Laura e Maria Cecília. Queria ter a candura de minha companheira Dulce, mas sou um cavalo de fazenda que escreve para as baratas. Aos leitores do Morro, amigos de João Monlevade e Ipatinga, aquele abraço.

Ipatinga, 07 de setembro de 2010.

PARTE UM

SOBRE PASTORES, PECADORES E INCONFIDENTES

Jesus não vem para jantar

Eu tinha pecados suficientes para abrir uma igreja. Só me faltava grana pra alugar o ponto.

Em uma noite abafada, quando deixávamos um inferninho na esquina de São Paulo com Goitacazes, em Belo Horizonte, Lucas Palhares, como se estivesse prestes a me contar a maior novidade do mundo, saiu-me com essa: "Meu velho, o capeta é um cara otimista, acredita que pode tornar as pessoas piores do que elas já são."

Concordei. Pegamos o taxi e rumamos para o hotel.

No leste de Minas Gerais, a BR381 corta o estado como uma faca atravessada nas costelas. O asfalto sangra, dia após dia. Nas curvas assassinas, entre Belo Horizonte e João Monlevade, muita gente boa já perdeu a vida. O sangue se mistura ao óleo dos caminhões, entornando pelas ribanceiras, tingindo de vermelho as águas poluídas dos rios Piracicaba e Doce.

Aço, pouca paciência e um automóvel por cabeça: eis nosso Projeto de Danação. Não adianta esquentar a cabeça com o aquecimento global: a marcha insana do progresso não vai parar. Em compensação, no futuro sempre teremos a opção de escolher em qual engarrafamento iremos passar o final de semana.

Um homem vagueia pela Rodovia da Morte. Depois de cruzar uma ponte sobre o rio de águas pútridas, o peregrino se depara com árvores crestadas pelo pó. No acostamento, a carcaça de um cão atropelado, sete cruzes caiadas de branco, sacolas plásticas, restos de comida, e, escondida atrás do colonião, a placa de advertência enferrujada. Uma folha de jornal baila ao vento. Dá pra ler a manchete: PASTOR EVANGÉLICO ESTUPRA MENINA DE 13 ANOS.

Um carro passa a duzentos por hora. Insetos se espedaçam no para-brisa dianteiro de um Honda Civic, "propriedade de Jesus".

Quarenta minutos adiante, o andarilho descansa à sombra de uma oiticica. Sol forte, cheiro de borracha, pó preto, calor — e ainda assim o homem adormeceu, sob o efeito dos gases expelidos pelo escapamento dos automóveis.

Na cidade do aço, o prefeito mandou desligar as barreiras eletrônicas para que os motoristas bêbados, malucos, drogados, imprudentes e demais filhos da mãe possam atropelar pedestres impunemente. São tantos carros, correndo em disparada sem qualquer controle, que a única forma de atravessar a rua é nascendo do outro lado.

Amarrada a uma cerca de arame farpado, uma cabra cega devora de um grande livro as últimas folhas encardidas do salmo 23. Do outro lado da cerca, uma locomotiva de dois mil vagões carrega toneladas de minério de ferro para a boca do inferno. Enquanto isto, nos fornos da Usina Capitalista, o diabo risca o céu com chamas vermelhas, mantendo aceso o fogo que queima vinte e quatro horas por dia em três turnos ininterruptos.

Um fedor de meia com chulé fervida em água de repolho empesteia o ar da cidade. Téin! Téin! Téin! — ouve-se a locomotiva martelando ao longe. Uóóóóóoooooonnnnn — canta a sirene do SAMU, a mil por hora, correndo para socorrer mais um motoqueiro com a cabeça estourada. Não precisa ter pressa. Com tantos auxiliares, trabalho é o que não falta ao demônio.

Formigas diligentes sobem e descem de uma árvore, enquanto outras empurram um besouro vivo, preto e pesado que se debate, inutilmente, na boca do formigueiro. Uma festa! As formigas não estão nem aí para o crescimento econômico, a queda do produto interno bruto, a camada de ozônio e tampouco para o desmatamento da Amazônia: "O cu de uma formiga é mais importante do que uma Usina Nuclear". Aliás, parodiando o poeta Manoel de Barros: as casinhas de graveto fabricadas pelos passarinhos são mais importantes do que todo o aço laminado por todas as Siderúrgicas de Minas Gerais,

Algum imbecil tocou fogo no capim. Árvores crucificadas pelo fogo, galhos retorcidos, aguardam a vinda de águas redentoras. As flores no canteiro central, irrigadas pela chuva negra de minério, insistem em nascer amarelas. Abelhas importunam uma borboleta solitária. A luz do sol abre portinholas diáfanas nas copas das árvores, que de verde só guardam a esperança de que um dia renascerá a primavera.

As chaminés do Progresso esporram canudos de fumaça sulfurosa nos céus da cidade, que impávido, desprovido de anil, fica grávido e quente; vai inchando e escurecendo e aquecendo o ambiente, como uma panela de pressão Clock, até que um dia brotará das nuvens negras uma chuva ácida, que não deixará nenhum pé de couve com vida. Glória! Aleluia!

Um carro preto para no acostamento. O andarilho se levanta, recolhe sua trouxa e recomeça a caminhada. Quando se aproxima do carro, parado no acostamento com o motor ligado, o motorista abaixa o vidro e pergunta:

— Você é sindicalizado?

— Não. Sindicato é lugar de vagabundo.

— Você faz o quê?

— Faço de tudo, até beijo na boca do Chefe em troca de salário.

— Entra aí, tamos precisando de gente sem medo de ser feliz.

Vruuuummm! — faz o automóvel, arrancando pedriscos do asfalto.

Doze quilômetros adiante, o motorista reduz a velocidade e pergunta para o outro no banco do carona:

— Tá com fome, meu caro? — não espera a resposta e aderna o veículo para a esquerda, estacionando em frente a um carrinho de hambúrguer — Pois eu tôu com uma fome do capeta.

No trailer, uma mocinha, de unhas enegrecidas por gordura, nariz de batatinha, olhos de azeitona e avental encardido: — O que vocês vão querer?

O homem do carro preto faz o pedido. Depois de alguns minutos alguém grita lá de dentro: — Saindo dois pães com linguiça e duas Cocas no capricho!"

Inhame-inhame-inhame — o dono do carro preto come.

— O Sr. quer *quetechupe?* — perguntou a negrinha.

— Não. Me passa a maionese — respondeu o dono do carro.

Inhame-inhame-inhame, gole-gole-gole — os dois homens comem e bebem.

Terminada a refeição, pergunta o do automóvel: — Quanto é?

— Doze reais — responde a moça. O patrão enfia a mão no bolso da calça, tira um bolo de dinheiro, escolhe uma nota amassada de cinquenta e diz para a garçonete: pode ficar com o troco.

— Vambora, maluco? — entram no carro e partem.

Na área interna da Usina, depois de passar pela portaria, o sujeito dirige mais vinte minutos. Descem do carro e andam cerca de oitocentos metros até um local escuro de fuligem e quente — temperatura na boca do forno: 1800 graus. Um rio de aço em brasa escorre pelo leito de escória.

Rarrarrá! — escuta-se uma gargalhada ao longe.

Patrão e empregado caminham em meio à balbúrdia produtiva: — cargas suspensas, sirenes, poeira, apitos, gases, pouca gente e muito barulho.

— O que foi que o Sr. disse? — O Chefe tem que falar alto, caso contrário o empregado não consegue ouvir a explicação:

— Olha aqui, você vai pegar esse carrinho de mão, essa pá e tirar a escória que desce da boca do forno. Já esteve num Alto Forno? Não? Não tem problema, o trabalho é simples, basta tomar cuidado. É preciso deixar o caminho livre para o aço líquido escorrer! Tá vendo ali? — o patrão aponta para uma bica onde serpenteia uma língua de fogo. — A cada corrida, o operador abre um buraco no forno com uma lança, ali, girando na Máquina. O aço escorre por este canal. Presta atenção! Deixe o canal livre, retirando a escória, essa areinha que fica nas bordas. Cuidado onde pisa, senão você vira SUCO! Você sai mais barato para a empresa VIVO!

Recebidas as instruções, trabalha, trabalha, trabalha. Ao final do dia, o patrão chega para o empregado:

— Tá aqui seu pagamento. Se manda. E não precisa voltar amanhã! Estourou uma crise na Bolsa dos Estados Unidos.

Sete horas da noite, o desempregado vagueia pelo asfalto. No estacionamento do Estádio Municipal, o desempregado para em uma barraca de feira, come quatro pastéis, duas coxinhas e bebe três caldos de cana. Gastou quinze reais, sobraram vinte.

Oito horas e vinte minutos da noite, na BR381, acima do estádio de futebol da cidade, o homem encontra uma mulher pedindo carona para lugar nenhum. Pernas finas, peitos pequenos, traz o rosto escondido por uma sacola de papel onde se lê: "minha família servindo a sua". No lugar da boca, um corte transversal no saco de papel, dois buraquinhos para os olhos, cílios riscados com pincel atômico, brinco na orelha. A dama da estrada umedece os lábios, a língua sibilando em volta do rasgo da boca no saco, serpente convidando Adão. Cabelos crespos. Cortado a tesoura no centro do saco de papel que lhe servia de capuz, um triângulo mostrava as ventas do nariz.

Duas baforadas no cigarro, mascando chicletes, ela solta fumaça. Ombro esquerdo encostado na árvore, pergunta para o transeunte:

— E aí, amor, tá a fim de dar um picote?

— Depende do preço. Quanto você tá cobrando?

— Cinquenta reais por uma hora de serviço. Faço de tudo, só não beijo na boca do cliente.

Sem enfiar a mão no bolso, o homem conta mentalmente o dinheiro que lhe restava: — Fica para outra hora, estou com pouca grana.

Ipatinga, 28 de março de 2008.

Felicidade Interna Bruta

Abhu-Uru-Bhu — direto de Thimphu para *O Morro do Geo*: uma inovação metodológica, capaz de abalar os alicerces da ciência econômica, quem diria, foi descoberta nas franjas verdejantes do Butão.

A novidade não saiu na mídia televisiva nem escrita. A notícia não deu no rádio, muito menos nas mesas de boteco, onde nascem as mais fantásticas ideias, infelizmente esquecidas depois de uma ressaca brava.

A sacada, tão simples que qualquer ser humano com um pingo de decência seria capaz de concebê-la, é a seguinte: o desenvolvimento de um país não se mede por sua produção bruta, ou por índices de consumo da população. O importante é aferir a capacidade que o Sistema Econômico tem de proporcionar felicidade ao povo.

Os economistas não computam no PIB os reflexos negativos devidos ao nosso modo de vida autodestrutivo: vazamentos de petróleo, engarrafamentos quilométricos, gastos milionários com saúde ocasionados pela poluição dos automóveis, adoecimento das pessoas que moram em cidades sufocantes. Vale perguntar: nosso modelo de crescimento econômico nos proporciona felicidade?

Quando se trata de estimular o consumo, maximizando o gozo no presente sem se importar com a vida futura, os americanos são mestres na matéria. A propósito, Lester Thurow, no livro *O futuro do capitalismo*, assim escreveu: "O que deve fazer uma sociedade capitalista a respeito de problemas ambientais a longo prazo, como o aquecimento global ou a redução da camada de ozônio? (...) Pelas regras claras de decisão capitalistas, a resposta quanto ao que deve ser feito hoje para prevenir esses problemas é muito clara — *NADA*" (Grifamos. THUROW, Lester. *O futuro do capitalismo*, 1997, p.384).

Os economistas sempre foram avessos à ideia de medir a felicidade. O PIB *per capita* não mede qualidade de vida, como demonstrou o economista indiano Amartya Sen, vencedor do Nobel de 1998. Nas rodinhas acadêmicas, o índice da moda é o **IDH,** criado pelo paquistanês Mahbub Ul Haq — o Índice de Desenvolvimento Humano é uma medida comparativa do grau de pobreza, alfabetização, educação, esperança de vida e natalidade, dentre outros fatores, como forma de avaliar o bem-estar do povo de um país.

Voltando ao PIB: o fato de um país contar com dois celulares por habitante contribui para aumentar a felicidade do povo? O Brasil é o segundo país do mundo em gastos com cirurgia plástica. Por sua vez, quatro em cada dez moradias não têm saneamento básico. Será que a felicidade do indivíduo é proporcional à capacidade de consumo? No *ranking* mundial da estética, só perdemos para os EUA em quantidade de implantes de silicone. De minha parte, prefiro mamar em um peitinho natural a colocar minha boquinha em peitões turbinados tipo Pamela Anderson.

Se você não está satisfeito com sua vida sexual, não precisa dar um tiro no ouvido. A receita da felicidade foi descoberta no Butão!

O Butão é uma nação montanhosa, situada no interior da Ásia. Na banda de cima faz fronteira com a China, e na banda de baixo com a Índia. Mais pra baixo, a sudoeste, fica o Monte Everest. Na região do Butão os picos do norte atingem mais de 7 mil metros de atitude, tendo como ponto mais elevado o pico do Kula Kangri, com 7.553 metros.

Aliás, para os Butaneses, mandar o outro para "aquele lugar", equivale a dizer para o conterrâneo: "Vá escalar o Kula!". Subir o Monte Kula é um castigo muito pior do que ser mandado pra Cochinchina, país que fica longe pra caralho do Butão. Cochinchina era como se chamava a região composta por Vietnã, Laos e Camboja, uma terra esfacelada por sucessivas guerras imperialistas, terra habitada por um povo milenar, vítima da invasão de franceses, britânicos, chineses, soviéticos e americanos. Finalizando nossa aula de geografia, a parte sul do Butão tem menor altitude, é rica em vales férteis, densamente florestados — refúgio predileto da naja, serpente que sai de dentro dos cestos encantada pelo som da flauta.

Para os butaneses, ao contrário dos ocidentais, a felicidade não está no alto padrão de consumo, em possuir um carro veloz, um celular da moda, muito menos em colocar um *piercing* no nariz, possuir uma calça de marca ou ter muito dinheiro na conta bancária.

O Rei do Butão, o simpático Jigme Singye, é um cara legal, adorado pela população. Jigme foi educado na Inglaterra, tem 51 anos, é casado, mas vive sozinho em uma cabana de madeira. Quando quer namorar, vai até o Palácio, onde residem suas quatro esposas, todas elas irmãs, pega uma delas e leva para o bambuzal. Este arranjo, além de livrar o Rei de inúmeras dores de cabeça, ajuda o Tesouro Butanês a economizar no aluguel, eliminando de quebra o inconveniente de Sua Majestade ter que lidar com três sogras chatas e faladeiras — dissabor que na certa Jigme teria de enfrentar, se cada uma de suas esposas fosse filha de uma mãe diferente.

Contrariando todas as teorias econômicas, o Rei da nação butanesa não se preocupa com o crescimento do PIB. Jigme Singye governa de olho no índice que mede a Felicidade Interna Bruta - FIB. Bebamos direto da fonte da felicidade:

"A filosofia da FIB é a convicção de que o objetivo da vida não pode ser limitado à produção e consumo seguidos de mais produção e mais consumo, de que as necessidades humanas são mais do que materiais" — palavras do economista alemão Johannes Hirata, da Universidade de Gallen, na Suíça.

O índice FIB mede a felicidade da nação através de nove fatores: saúde; padrão de vida (aferido nos moldes do Butão); vitalidade e diversidade da cultura; boa governança (corrupção zero); vitalidade e diversidade do ecossistema; vitalidade da comunidade (confiança no vizinho); educação; uso e equilíbrio do tempo e bem-estar emocional (fatores ligados ao grau de otimismo da população).

Mas nem tudo são flores no Butão. Apesar da beleza do país, o turista que pretende conhecer suas belezas deve obter uma autorização prévia do governo Butanês antes de iniciar a viagem. Vai que o cara gosta do lugar e resolve ficar por lá, montar barraca ilegalmente... Não pense em fazer tamanha besteira! Esse controle rigoroso de entrada e saída de turistas visa preservar a cultura do povo e o meio ambiente: 60% do Butão é ocupado por florestas nativas.

Fumar no Butão (qualquer tipo de cigarro) é considerado ato criminoso. O país foi o primeiro do mundo a banir o cigarro, muito antes de José Serra e sua lei antifumo. A maconha é usada como alimento para engordar o gado, cujas vacas oferecem um leite divino. Consumir bebida alcoólica no Butão? Nem pensar — lá o povo só tem direito de tomar chá. Quanto aos direitos trabalhistas, para preservar a felicidade dos cidadãos os trabalhadores butaneses são proibidos de se reunir em sindicatos ("o país praticamente não possui indústria", justificou para este jornalista o Primeiro-Ministro do Butão).

Os butaneses não se preocupam com a moda. A população, em sua maioria budista, só pode se vestir com roupas tradicionais, composta por um cuecão de algodão e oito metros de pano alaranjado, enrolados no corpo de baixo pra cima. Quem não acredita em Buda ou deseja seguir outra religião, melhor ficar bem longe do Butão.

Infelizmente, o Butão já não é mais o mesmo. Para nossa triste memória, em 1998 os butaneses assistiram à primeira transmissão televisiva, no dia em que o Brasil foi derrotado por 3 x 0 pela França, na final da Copa do Mundo de Futebol. No ano seguinte, 1999, a internet discada chegaria ao país. Estamos em 2006, a internet banda larga entrou em operação e a MTV também já pintou nas quatro bandas do Butão. Em curto espaço de tempo, o modismo da televisão ocidental fará com que os jovens butaneses tenham uma vontade irresistível de mostrar a bunda, substituindo a vestimenta tradicional do povo pela ridícula cueca acima da calça, deixando à mostra o cofrinho.

Esta crônica termina da mesma forma que começou: sem pé nem cabeça. A felicidade é uma porta entreaberta. O que nos espera do outro lado? Vai saber. Pode ser um terremoto, uma flor nascida no asfalto ou uma vaca fumando marijuana.

Ipatinga, 17 de junho de 2006.

A DOR DA CAPAÇÃO

No dia 04 de agosto do ano de 2006 meu velho partiu desta pra melhor. Agostinho Mendes Peixoto, conhecido nas redondezas por Agostinho Coração, foi convocado por São Pedro pra cantar o Salve Rainha ao lado de sua mãezinha querida. O coroa era um gozador, não fez grandes coisas na vida, mas contava com orgulho ter operado o coração duas vezes (a primeira com o Dr. Zerbini) e também a coluna. Tem gente mais porqueira do que meu finado pai que está bem viva, queimando oxigênio, contribuindo à larga para o efeito estufa. Mas isso não vem ao caso. Peço vênia aos leitores pra prestar homenagem ao Sr. Agostinho, relembrando algumas bobagens que o meu velho contava.

O pastor alemão

Certa feita, Sô Augusto estava no portão de casa tomando uma fresca — fazia um calor de quarenta e oito graus à sombra. Nisso, apareceu um homem de terno e gravata, suando mais que a chaminé da USIMINAS. Rindo um riso de girafa, o homem portava uma malinha preta na mão esquerda e na mão direita a bíblia e um pacote de santinhos de candidato. Era época de eleição pra prefeito. O "enternado" parou e veio conversar com o meu velho, dizendo:

— Eu gostaria de lhe falar um pouco. O Sr. tem um minutinho?

— Pois não.

— Eu sou pastor da Igreja DINHEIROLOGISTA DO REINO DE EU e nós estamos apoiando o irmão Tião Mosquitão para prefeito. O Senhor conhece o nosso candidato? — perguntou o sujeito, entregando ao velho um folheto de propaganda. — Nós precisamos mudar essa cidade. Queremos uma NOVA Ipatinga. Mais humana, com mais saúde, mais educação, com geração de emprego e renda. Em nome do Nosso Senhor Jesus Cristo!

— Amém — arrematou Sô Augusto, enquanto avaliava a figura do distinto candidato estampada no santinho: um chapeludo de boca torta.

— Amém — repetiu o pastor, pensando: "Esse velho tá no papo."

— Mudar Ipatinga? — perguntou o Sr. Agostinho.

— Sim! Pela Glória de Nosso Senhor!

— Mudar Ipatinga pra onde? Para o Naque? Para o Iapu ou para o Bugre? Mas eu me sinto tão bem aqui! E se não fosse Ipatinga onde é que Iapu estaria?

Ao ouvir a cacofonia, dita com a voz séria do Seu Agostinho, o pastor levou um baita susto: "Será que esse velho está gozando a minha cara?"

Vendo a expressão de assustado do irmão de Jesus, Seu Augusto não perdeu tempo e partiu para o ataque:

— Escuta aqui, ô distinto. Você tá me achando com cara de otário? Leia na minha testa e veja se está escrito "O-TÁ-RI-O" — perguntou o Sr. Augusto, repetindo a palavra letra por letra, com os dentes arreganhados e apontando o dedo indicador para a sua testa quilométrica.

— Não, de forma alguma!

— Ipatinga tem otário pra puxar no caminhão. E você vem logo pra cima de mim? Pra cima de mim não, meu irmão! — nis-

so, Sô Augusto já estava imitando o linguajar do carioca. — Qualé! Joga as *caxxcaxx* pra lá. Joga as *caxxcaxx* pra lá, meu irmão...
— Não... Nada disso! O Sr. me parece até uma pessoa muito esclarecida —respondeu o pastor, já meio sem jeito.
— Eu sei muito bem o que o distinto está querendo. Da fruta que o candidato gosta eu como até o caroço. Você está vendo essa cirurgia aqui? — perguntou Seu Agostinho, abrindo os botões da camisa e exibindo dois mamazões sob o olhar incrédulo do pastor evangélico: do gogó até o umbigo dava pra ver a costura da cirurgia no peito, um corte tão fundo que daria pra ocultar uma caneta deitada. — Esse coração aqui, ó, meu chapa, eu já operei duas vezes. Duas vezes! Você já ouviu falar no Dr. Zerbini? Não? — o homem balançou a cabeça, negativamente.
— Da primeira vez em que eu me internei, passei noventa e três dias no hospital, sem um puto no bolso; não tinha dinheiro nem pra comprar um copo de água! O senhor sabe o que é sentir fome e não ter o que comer? Ter sede e não aparecer um filho de uma égua pra lhe oferecer um copo d'água? A minha família na maior merda nos cafundós do Iapu e o babaca aqui, o babaca aqui internado em uma terra estranha, nos quintos de São Paulo. Fazia um frio de trincar os ossos! E eu, louco pra fumar, babava igual um cachorro raivoso.
— E sabe o que o meu vizinho de enfermaria me disse, quando pedi um cigarro? — arrematou Seu Augusto, depois de um minuto de silêncio.
—Não...
— "Vai sustentar o vício com seu dinheiro!" Aquelas palavras me doeram mais do que uma facada no coração. Daquele dia em diante, nunca mais botei um cigarro na boca. Sou filho da Dona Maria Ferreira! Faz trinta e oito anos que eu não fumo!
— Com a graça de Deus! — louvou o pastor.
— Na hora em que eu mais precisei de ajuda não apareceu nenhum vereador pra me oferecer um cigarro! Nem um cigarro!
Sô Agostinho alugou o ouvido do pastor até cansar. Falou de sua "mamãe" que morreu de câncer na garganta, falou do pai que morreu atirado quando ele era rapazinho; falou da cirurgia

que fez na coluna e dos nove filhos que ele plantou no ventre da Dona Maria, graças a Deus nenhum virou veado, político ou ladrão, etc. e tal.

O pastor evangélico, vendo que não tinha jeito de convencer o velho, sumiu no capinado e nunca mais passou em frente ao portão do Sô Augusto.

Vocabulário predileto do Sô Agostinho

Diabético da cabeça: expressão sacada quando o velho estava com os nervos à flor da pele ou quando alguma coisa — um som alto, crianças gritando, por exemplo — o irritava.

Gato e cachorro informam! A falta de paciência era tanta que o Sr. Augusto disparava esta expressão sempre que a gente pedia a ele mais informações pra cumprir um mandado urgente do velho.

Mata o bicho, Zé Firmino! Zé Firmino era sacristão nos idos dos anos 1950, lá pelas bandas do Iapu. Era tarado na branquinha, a cachaça. Um dia, no momento da consagração da hóstia, uma mosca batia as asas em volta da taça de vinho. O padre, um alemão irado, bradou para o Zé Firmino: "Mata o bicho, Zé Firmino!" O Sacristão Zé Firmino não titubeou. Tomou o cálice em suas mãos, ergueu-o e virou o vinho goela abaixo.

Com o peito cheio de gás: dizia o velho do sujeito exibido, o famoso "MGM" (metido a gato mestre).

Satisfeito por ter nascido homem? Era assim que o velho me cumprimentava, sempre que a gente se encontrava.

Otário: uma de suas palavras prediletas. Todo dia nasce um otário. A diferença entre o otário e o Zé Vagina tá na cara. O otário tem os olhos arregalados, faz cara de esperto, pose de esperto, mas não é esperto. Já o Zé Vagina não consegue disfarçar. É incapaz de fazer cara de esperto, tem os olhos no chão, os beiços caídos e a testa sempre lustrada.

Zé Vagina: otário, ou melhor, um otário com cara de vagina.

Varistin: nome de um amigo do Sô Augusto.

Atolado: é o otário que não consegue ver um palmo na frente do nariz. Mais atolado do que a menina da música "Tô ficando atoladinha".

Babaca: irmão do otário, indivíduo que se manifesta em ocasiões normais de temperatura, mesmo com pouca pressão. Dizem que todo chefe é babaca, mas nem todo babaca vira chefe. Portanto, a babaquice é uma questão de poder e de posição social.

Boemia: música de Nelson Rodrigues que o velho gostava de cantar, com sua voz de tenor: "Boemia, aqui me tens de regresso".

Secreção: velho tem cada ziquizira, problemas nas córneas, cabelo no nariz e uma fábrica de cera no ouvido, varizes, furúnculo no traseiro e secreção. Secreção era uma melequinha que Sô Agostinho fazia questão de exibir para os filhos, netos e curiosos, gosma oriunda de alguma disfunção hormonal. Naturalmente, a secreção era de origem duvidosa, extraída criteriosamente com o dedo médio; podia ser da boca, do nariz, dos olhos e até do... ouvido. Se Seu Agostinho estivesse cozinhando, era melhor não pensar no assunto, senão você perdia a fome. Eca!

Matei o azulão! Foi toco ou pistola? Do repertório de piadas do Seu Agostinho.

Bloco do ouvido: segredo, assunto cabeludo que tem que ser contado ao pé do ouvido.

Papo de cerca-lourenço: conversa fiada.

Um metro e setenta pelo cu adentro: expressão Agostiniana utilizada para qualificar o sujeito extremamente bobo, que de tão bobo a bobeira chegava a entrar um metro e setenta pelo rabo do caboclo adentro.

Mesa redonda: momento de reflexão.

Mais feia do que a dor da capação: dizia da mulher muito feia, tão feia que sua feiura chegava a doer na vítima de tamanha desgraça mais do que a dor da capação, que só perde para a dor do parto.

Mulher comigo eu MOLLDO! Esta o velho Augusto dizia em homenagem ao nosso irmão Daniel, grande conquistador!

Pelos colhões do padre Inácio! Espanto, coisa inacreditável.

Vá e não peques mais! (a história dessa frase, dita por Seu Agostinho como se fosse pastor de ovelhas, só meu irmão Ricardinho sabe contar).

Dr. Borella: O Dr. Borella era o médico preferido do Seu Augusto, coitado. Meu pai se consultava com uma dezena de médicos e tomava uma centena de remédios. Era doença pra lá e remédio pra cá. Quando o velho encontrava uma brecha, alugava o ouvido do sujeito até enjoar. O assunto? Se não fosse sacanagem, era doença. Mas antes do velho entrar no tema em questão, ele enchia a bola do Dr. Borella, pro meu velho, um santo homem. Era Dr. Borella pra cá, Dr. Borella pra lá. Depois de meia hora falando sobre o tal médico, Sô Agostinho já havia se esquecido do assunto principal da conversa. Do que é mesmo que a gente tava falando?

Benjamim. Uma noite, meu irmão Nilson acordou com a discussão entre o velho e seu irmão Benjamim, que tinha vindo de Belo Horizonte pra visitar o Agostinho. "Você bebeu cachaça!", acusou tio Benjamim, puxando pela memória. "Eu não bebi cachaça!", rebateu meu pai. "Você bebeu cachaça!" "Eu não bebi cachaça!" E foi assim, um acusava e o outro negava. O velho era um moralista, não queria que os filhos ficassem sabendo que ele fora um bebedor de cachaça na juventude. Por fim, no combate entre o orgulho e a memória, o orgulho de Seu Agostinho levou a melhor: dando um murro na mesa, meu pai expulsou Tio Benjamim e sua esposa de casa, em plena madrugada.

No hospital: Quando ficava internado na enfermaria coletiva, toda vez que Sô Augusto recebia alta os demais pacientes ficavam tristes. O velho contava piadas, alegrava muita gente de cara amarrada. Um dia, estando internado no quinto andar do Hospital Márcio Cunha, um conhecido o encontra no corredor, andando pra lá e pra cá, carregando a haste de soro. O sujeito pergunta o que ele estava fazendo por ali. E o meu pai responde: "Uai, você não tá sabendo? Eu comprei este hospital! Estou aqui fiscalizando o funcionamento da Enfermaria do Quinto Andar!"

O aposentado na pracinha: Quando não estava na praça, ou na porta de algum estabelecimento comercial, proseando, inteirando-se das novidades, o velho andava pelas ruas, contando piadas ou enfrentando fila pra pagar algumas contas pro Ivan. O Ivan é dono de uma oficina de enrolamento de motores no bairro Iguaçu, em Ipatinga. Um dia, Sô Agostinho estava na Praça 1º de Maio, no Centro de Ipatinga, sentado na beirada de um banco sujo, onde os desocupados têm o péssimo hábito de colocar os pés em vez de acomodar o traseiro. Daí apareceu uma mulher com cara de muitos amigos, toda pintada e embonecada, rindo e balançando a bolsinha como quem não quer nada.

— E aí, coroa, tá esperando alguém?

— Sim, tô esperando minha Scania Vabis, carregada de nelores que eu vim negociar em Ipatinga — respondeu o Sr. Agostinho, a expressão séria, voz grave e empostada, como se fosse um fazendeiro montado na grana.

— Ah, então o coroa é gente fina! — disse a mulher, tomando assento na outra ponta do banco e cruzando as pernas.

— Sou. Eu sou aposentado pelo Instituto Nacional de Previdência Social! — disse o velho, enchendo a boca, como se fosse milionário.

— É mesmo?

— É. E ganho doze salários.

— Doze salários?! — repetiu a mulher, cada vez mais interessada.

— É. Doze salários mínimos por ano. Fora o décimo terceiro!

Ipatinga, 25 de julho de 2007.

O DIA DO ENFORCADO

Um **dia da forca, outro do enforcado.** Para quem não se recorda, Roberto Brant já foi Secretário de Fazenda do Estado de Minas Gerais. Mas quem foi Tiradentes? Antes de morrer com a corda toda no pescoço em 21 de abril de 1792, quem era aquele pobre homem?

Segundo o brasilianista Kenneth Maxwell, autor do livro *A devassa da devassa*, Joaquim José da Silva Xavier foi um bode expiatório, escolhido pelas autoridades portuguesas para purgar o crime da nobreza: "Não era influente, não tinha importantes ligações de família, era um solteirão que passava a maior parte de sua vida à sombra de protetores mais ricos e bem sucedidos" (MAXWELL, Kenneth. *A devassa da devassa*, pp. 215, 216).

Pelo menos no dia do enforcamento, o povo estava presente: nas janelas, nos pátios, nas ruas, para ver um Tiradentes esquálido, dando os últimos passos, partindo da cadeia pública em direção ao Largo da Lampadosa, no centro do Rio de Janeiro. Joaquim foi enforcado, teve o corpo esquartejado, suas partes foram expostas em via pública. A casa onde morava foi arrasada, o solo da construção salgado, para que ali não brotasse mais nada.

Em outras cordas, muitos Joaquins e Josés encontraram destino semelhante ao do alferes Xavier. A ironia do enforcamento do Tiradentes fica por conta do selo de "infames", sob o qual as entidades sindicais, professores e estudantes, cidadãos de Minas Gerais e do Brasil se viram impedidos de acessar a Praça Tiradentes, em Ouro Preto, mantidos à distância pelo cordão de isolamento e cercados por fortes barreiras policiais, no dia 21 de abril de 2009.

A História se repete em forma de farsa. No dia 21 de abril, o Governo da Província das Minas Gerais mandou que fossem enfeitadas as ruas de Ouro Preto para que o Chefe do Executivo Mineiro pudesse desfilar sua beleza. O povo só teve acesso ao "espaço público" através do elevador de serviço: empurrados para os becos e vielas da cidade histórica de Vila Rica, os cidadãos não puderam participar, sequer como coadjuvantes, da representação comemorativa do aniversário de enforcamento do herói Tiradentes.

O teatro da Inconfidência. Em respeito ao padrão Globo de produção, o Tiradentes original foi excluído da cerimônia de enforcamento marcada para o dia 21 de abril de 2009. Para ilustrar o evento, nessa data, o Chefe do Palácio da Liberdade contratou um ator da Rede de Televisão, bonito, sarado e bem alimentado, para posar com a corda no pescoço, enquanto a grande atriz Bibi Ferreira entoava a Marselhesa. Impossível não se emocionar. Como os portugueses tiveram coragem de executar um homem tão distinto? No palanque principal, o dono da festa homenageava a mesma elite que enforcou o alferes, distribuindo Comendas da Inconfidência. E o povo, batendo palmas, pedia: "Aécio para Presidente!"

Como dizia o Gatopardo: "é preciso que as coisas mudem para permanecer como estão."

A história traça uma curva em espiral, sobe, desce e retorna sobre si mesma, negando e se afirmando em eterna contradição. A negação da negação: duzentos e cinquenta anos depois, os herdeiros de Felisberto Caldeira Brant aguardam a oportunidade de receber uma bolada de US$ 390 milhões, confiscados da família pela Coroa Portuguesa em 1750, no tempo do Brasil Colônia, quando o patriarca foi contratador das Minas de Diamantina.

Nestes dias bicudos, caso resolvesse passear pelas ruas da cidade de Ouro Preto em sua data máxima, o pobre, feio e barbudo Joaquim da Silva Xavier, sem uma pataca no bolso, seria revistado pela Polícia e fichado como desocupado ou cachaceiro: *o louco da derrama.*

A memória de Tiradentes foi lançada ao opróbrio. Sua efígie, desde então, tem sido utilizada para outras liberdades. Liberdade, palavra tão desbotada que não mais se escreve com sangue, mas com extrato de tomate oferecido pelo anunciante do telejornal das vinte horas.

Quem seriam os inconfidentes de nosso tempo? Amordaçada a imprensa de Minas, comprados todos os espaços dos jornais, em que salas, tavernas, becos escuros, por que causas alguns gatos pingados se reuniriam? Bloqueados todos os sítios, algemados aos pés das mesas, por meio de que códigos secretos se comunicariam os homens e mulheres dispostos a arriscar o pescoço em nome de liberdade, dignidade, isonomia?

Será que os valores "sonhados" por Tiradentes repousam nas mãos do Governante que condecora figurões da política com a Comenda da Inconfidência todo dia 21 de abril? Seria esse homem — o Governador de Minas Gerais, vestido com seu terno listrado, medalha estalando no peito —, por força do destino ou por nascimento, o guardião do espírito dos inconfidentes?

Prossegue a derrama. No tempo dos Contratadores, o Governador das Gerais fazia acordos com os mineradores em nome do Rei: se não se chegasse a cem arrobas de ouro por ano, o restante seria arrecadado nas costas do povo. Hoje, de tudo que Minas vende para o exterior, oitenta por cento são produtos primários. Do ferro extraído das Serras de Minas, os mineiros recebem como paga uma ninharia em *royalties*, ficando com as cidades esburacadas, os rios emporcalhados e o ar pestilento.

Diz o ditado que em casa de enforcado não se fala em corda. Mas é preciso atualizar o Tiradentes, resgatá-lo das mãos dos poderosos e devolvê-lo ao seio do povo, de onde ele veio.

O inconfidente de hoje talvez ficasse bem representado na pele do desempregado; demitido das minas que abastecem as siderúrgicas, Tiradentes ficaria bem na pele de um pequeno empresário, enforcado em praça pública depois de ter sido feito de bobo pela engenharia complexa do SIMPLES, engolido pelo regime da Substituição Tributária. Não seria o Tiradentes um cidadão esganado por dívidas, com a língua de fora, o limite de crédito estourado em face dos aviltantes juros bancários? Ao contrário do grande empresário, que ao primeiro susto procura logo o refresco do Tesouro Público, onde é recebido por mocinhas de minissaia, paparicado com toda sorte de subsídios e outros decotes tributários impublicáveis.

Ou, no tempo em que vivemos, quem sabe, se o Joaquim José exercesse o ofício de dentista, talvez nosso Tiradentes não fizesse muita questão de passar recibo de serviços odontológicos, revoltado com as alíquotas injustas do Imposto de Renda, que trata como "iguais" pessoas com fontes de renda tão díspares.

Seja como for, homem ou mulher, o Tiradentes que se enforca todo dia 21 de abril, sequestrado pela História Oficial, não passa de um arremedo de libertário, a encenação de uma pantomima, uma desculpa da elite engravatada para se distribuir medalhas em troca de conluios políticos.

Ouro Preto, Praça Tiradentes, 21 de abril de 2009,
222º Aniversário de enforcamento do Alferes
Joaquim José da Silva Xavier.

O REINADO DO POVO

Prezados leitores do Morro, hoje eu quero meter a ronca no povo, falar mal dos eleitores que se vendem por um saco de cimento, descer a lenha nos falsos cidadãos que trocam a soberania do voto por uma pilha de tijolos.

Hoje eu quero descer a lenha nos falsos apóstolos, nos moralistas, nos pastores que dão porrada no irmão por causa de um mísero fiapo de cabelo encontrado no Pé de Porco.

Hoje eu vou lhes falar de um cavalo que come as páginas da Bíblia ao pé da letra e cospe sermões pelos quatro cantos de Ipatinga, relinchando capítulos e versículos.

Caríssimos, ouçam com atenção as minhas palavras. Certa manhã, quando eu ia para o trabalho, deparei-me com um fusca 1980, bege, estribo caído, pneus carecas, lataria desbotada. E no para-brisa traseiro do carro estava escrito: "Rastreado por Jesus".

Blasfêmia! Ignomínia!

Fiquei pensando, rastrear é seguir o rastro, colocar-se no encalço de algo ou alguém. Por que será que Jesus andaria atrás de um carro caindo aos pedaços? Na certa o dono do possante colocou esse aviso para afastar possíveis ladrões. Jesus nasceu pobre e morreu pobre. A única vez que o Filho do Homem não andou com as próprias pernas foi quando pegou emprestado um burrico para entrar em Jerusalém, no Domingo de Ramos.

O fusquinha não tem nada a ver com a História do Cristianismo. Viria a ser ressuscitado por Itamar Franco, séculos depois de inaugurada a Santa Igreja Católica, quando os padres, resfolegados pelo peso de suas batinas, já não queriam mais cruzar os sertões a pé. Padre Cícero que o diga.

Como bom servidor público, por volta das oito horas, quando as lojas ainda estavam fechadas, eu chegava na repartição fazendária. Oito da matina e já fazia calor. Parece que Ipatinga era a filial do Inferno. Meu ovo direito fez um complô sindical e se alinhou com o esquerdo, formando um único invólucro na fronteira do Peru com o Equador. Folguei o colarinho da camisa e respirei fundo. E o dia estava apenas começando. Ainda bem que do uniforme completo de funcionário público, no qual não pode faltar o crachá, só não faço questão de usar cueca. E a pastinha preta? A indefectível pastinha preta, ah, essa é igual a cartão de crédito: não saio de casa sem ela. Vai que eu sou sequestrado por um deputado, pedindo propina pra liberar o meu pagamento no final do mês!

Tempos atrás circulou pela internet um vídeo hilário, postado no YouTube, que pode ser acessado pelo link "Irmão bate em cavalo". Nele aparece um falso pastor de ovelhas, um abastado cidadão latino-americano, cheio de parentes importantes e com muita grana no banco. O fato é que o cavalo deu pra ficar cruzando na frente do irmão, pra lá e pra cá, atrapalhando sua preleção, balançando o feixe de rabo. Em dado momento, o pastor perde a paciência, e com a Bíblia fechada bate com o Livro Sagrado na cabeça do cavalo, gritando na língua dos homens: "Sai pra lá, demônio!"

E por falar em cavalo, me lembrei de Dom Sebastião, que caiu do cavalo na Batalha de Alcácer-Quibir, em 1578, lutando contra os mouros.

Além de introduzir o quibe em terras lusitanas, a morte prematura de Dom Sebastião inaugurou em Portugal o movimento conhecido por Sebastianismo — um rebuliço messiânico, panelaço cristão feito de trovas, cantigas e rezas sem megafone, que pregava a volta do Rei Dom Sebastião. Acreditava o povo crente que o Rei voltaria para resgatar a Coroa Portuguesa das mãos dos infiéis.

Acontece que Dom Sebastião já estava morto e sepultado em Belém — não na capital do Pará onde nasceu a peituda Fafá, mas sim na Judeia, onde veio ao mundo o Nazareno. E por falta de herdeiros, o cetro real de Portugal acabou nas mãos de Filipe II, da linhagem espanhola dos Habsburgos. Estas e outras informações podem ser extraídas da Wikipédia; quanto à introdução do quibe em Portugal, é bom tomar cuidado: a iguaria não passa de piada de português que circula na internet.

O Sebastianismo gerou movimentos sociais no Brasil, a exemplo da Guerra de Canudos, contrapondo fé e política, Estado e religião, fome e opulência, alcançando os estertores da República Velha. Em Portugal, o Sebastianismo durou bem menos, até 1640, quando os conjurados portugueses derrubaram o representante de Filipe III da Espanha e entregaram a Coroa Portuguesa a um legítimo filho da terrinha.

Conquanto estejamos no tempo em que se inauguram mais igrejas do que prostíbulos, tal fato não quer dizer que as prostitutas sejam santas, mas sim que as meretrizes não precisam fazer propaganda para atrair clientes, como fazem certos vendilhões do templo.

Depois de séculos e séculos — Amém, irmãos? —, no ano de 2009 a cidade de Ipatinga caiu em maldição. Sodoma e Gomorra são fichinha diante de tantas calúnias, traições e acusações lançadas em folhetos apócrifos. Só faltaram as bolas de fogo.

Entra o mês de março e faz um calor dos infernos na capital do Vale do Aço. Um simpatizante do demo, inconformado com o calendário político-jurídico-eleitoral, passou um rádio para o filho do cão:

— Aumenta a temperatura! AUMENTA QUE EU TÔ MANDANDO!

Sexta feira, dia 6, às duas horas da tarde, dava pra fritar um ovo no asfalto da Avenida Vinte e Oito de Abril, no centro da cidade. A temperatura: 42 graus bolinha positiva. Tinha irmão matando irmão por causa de uma pedra de gelo pra colocar no refrigerante.

Dia 27 de março, data que não tinha nada a ver com qualquer marca comemorativa da cidade, não era aniversário do jumentinho que carregou Jesus. Mas não foi por acaso que na véspera da Semana Santa o Ex-Prefeito Sebastião Quintão caiu do cavalo e foi cassado pela Justiça Eleitoral. Oh, Glória!

Por fax, chegou a notícia de que o Tribunal Superior tomara uma decisão radical: enquanto o povo não tiver certeza de quem será o Chefe do Executivo, Ipatinga não será um bom lugar para se instalar um segundo paraíso na Terra. Melhor inaugurar uma nova Usina Siderúrgica em Santana do Paraíso. E tome fumaça!

Então, ficamos assim: o ex-prefeito Tião Quintão foi justiçado pelo povo nas urnas e cassado pela Justiça dos homens, Chico Ferramenta, o nome mais votado para a Prefeitura de Ipatinga na eleição de outubro de 2008, foi barrado pelo Tribunal de Contas e o povo, mais uma vez, foi feito de bobo da Corte, plantado no Altar da Cidadania esperando a posse de um Soberano de Direito. A noiva dos cidadãos — a urna eletrônica — foi deflorada na noite de núpcias, véspera do primeiro de janeiro de 2009, por um corpo estranho ao desejo do eleitor, cujo nome não atendia pela alcunha de "voto". E o povo devoto acabou não se casando com ninguém: votou em segredo e não levou, acreditou no processo democrático e foi desacreditado pelo Sistema.

Desde então, o Sebastianismo eleitoral vicejou em Ipatinga como cogumelo em bosta de vaca. O movimento epifanista iniciou-se com a dupla diplomação dos prefeitos, ocorrida na antessala da eleição municipal de 2008.

Enquanto aguarda uma nova eleição, o Messianismo Ipatinguense tomou o rumo de três vertentes: uma que confia na volta do Coronel Sebastião e seu Exército da Salvação; outra que acredita na reabilitação judicial da ferramenta política e soberana do voto depositado na urna; e uma terceira, que ganha força nos bastidores da política, não deseja o retorno de Sebastião Quintão e nem o conserto da Máquina lenta da Justiça, clamando a Deus para que o Judiciário decida por uma nova eleição. E que o eleito venha redimir o voto do povo crente e apaziguar os corações descrentes, inaugurando um reinado diferente, não "novo", por que os oponentes serão as mesmas figuras carimbadas dos Ipatinguenses.

No meio do caminho, entre parelhas de cavalos correndo por fora, advogados, peões, assessores apeados de suas assessorias, bispos, reis, juízes e primeiras-damas, muitas pedras serão movidas.

Deus Salve o Reinado do Povo de Ipatinga!

Ipatinga, 02 de abril de 2009.

Nota: do dia primeiro de janeiro de 2009 até o dia 30 de maio de 2010, data da eleição extemporânea, Ipatinga teve quatro prefeitos.

O HOMEM QUE QUEIMAVA ROSCA

Em julho de 1963 eu fichei como almoxarife na Companhia BM. Lá conheci um baiano que comia farinha como quem usa Avanço 758, o desodorante predileto de nove entre dez peões de obra que detestam tomar banho. Todo dia o cabra da peste chegava cantando uma música, cuja letra o grupo Titãs copiaria mais tarde, e que era mais ou menos assim: "comida é boia, bebida é CACHAÇA! A gente não quer só rapadura e água, a gente também quer farinha para divertir os DENTES!"

E tinha o Chico, outro que não era bento, e que quando jovem se alistou nas Brigadas Internacionais pra lutar contra a Ditadura do General Franco. Na Espanha, Chico bebeu vinho com as mulheres na taverna, trocou tiros, matou, quase morreu, e foi testemunha ocular do bombardeio nazista sobre Guernica — atrocidade que seria denunciada por Picasso em um painel imortal. Não me consta que Chico esteve frente a frente com o Grande Picasso, mas tempos depois, já de volta a João Monlevade, o Barcelona entrou de costas no Partidão — fato que ele não oculta e que todo mundo comenta pelas ruas da cidade.

Pois bem, dois anos depois de entrar na Cia BM, fui promovido a Líder de Grupo do SAT-MOL.

O SAT-MOL era o setor responsável pela manutenção dos rebobinadores de espiras, engenhocas, rebimbocas de parafusetas e linguetas resfriadoras. A nossa Equipe trabalhava em três turnos, inclusive nas famosas tenebrosas, quando ficávamos quarenta e oito horas de plantão defendendo o Capital do Patrão sem dormir um grama.

Naquela época, os tarugos em brasa eram retirados com a tenaz, uma grande torquês tipo pinça, enorme, manipulada por dois homens que tinham que ser muito machos pra trabalhar sem camisa num calorão de 800 graus centígrados, bafejados pela língua do Equipamento: os dois operários ficavam postados na saída do lingotador, e quando o tarugo chegava ao final da linha não tinham mais do que quinze minutos pra pegar o picolé em brasas e jogar na esteira, até que a Máquina Sendizimir cuspisse outra barra vermelha, uma atrás da outra e da outra.

Menino, o calor era de lascar! Mas o *phoda* (foda com PH, gostou desta, prezado?) era quando a despirocadora de espiras dava pau! Aí, menino, a cobra fumava, o serviço embolava, a sirene de emergência não parava de apitar e a gente tinha que sair a mil pilotando um carrinho cheio de ferramentas: eram precisos doze homens pra destravar a linha!

Certa feita apareceu por lá um cearense, baixinho e raquítico, fugido da seca de Quixeramobim, que logo apelidamos de Framboesa. Naquela época não era comum um nordestino negar óleo na motolia, chorar por um refresco na ventoinha, mas o menino era atentado que só vendo! E, cá entre nós, peão de trecho não tem mãe, não perdoa o próprio irmão!

Um dia ocorreu que o avental do resfriador do lingotamento deu um problema da gota serena. A porra de uma ventaneira encrencou, vazava óleo e água quente. Pra embolar o meio de campo, no dia anterior a equipe do SAT-MOL havia jogado contra o time do Cabacinha de Bela Vista, e ganhamos de quinze a zero; por causa do evento futebolístico uma febre etílica desfalcou o Setor em seis operários de uma só levada, de modo que no turno das vinte e três às quinze só compareceram dois ao plantão de manutenção do SAT-MOL: o Baiano, macho pra caramba, e o Framboesa, macho *pero no mucho.*

Voltando à vaca fria, a emergência era uma operação complicada. A cabeça do espanador de espiras estava toda invertida, a máquina passou a reverter o tarugo, engolindo a matéria prima e lançando bodes de aço líquido na linha (bode é corruptela de *body,* corpo em inglês). O bode, na linguagem dos metalúrgicos, são pedaços de aço, gusa ou matéria incandescente que, se não forem retirados imediatamente, viram pedra por causa do resfriamento rápido. Aí, o jeito é parar tudo e desmontar metade do equipamento pra limpar a área: é perda de corrida, prejuízo e demissão.

Na ocasião, faltando braços, o Baiano não teve opção a não ser segurar a corneta do avental resfriador no braço, usando um cachimbo vinte e dois, enquanto o Framboesa pegava a Terezona — que era uma ferramenta própria — e tentava destravar o tarugo, usando todos os poderes de Gayson da munheca mole.

Só que o Framboesa não tinha força nos músculos. O cabrinha encheu o peito de gás, bufou, assoprou e não conseguiu desatarraxar o avental da lingotadeira. O que o filho de uma égua fez foi espanar a rosca da manivela, desgastando a embocadura do cachimbo; daí, chave nenhuma tinha serventia, e a ferramenta passou a girar frouxa, sem pressão, desgripando o metal e espirrando óleo quente na cara do Baiano, que cabra da peste, macho de raiva, gritava cada palavrão impublicável: "Você queimou a rosca, jegue cearense! Vai logo, filho de quenga, cabeçudo, pega a marreta de desempenar vidro e libera a chaveta! Libera a chaveta, desgraçado!"

Nisso apareceu o Carniça, marmita debaixo do braço, que vinha entrando para o próximo turno. Viu a cena típica de filme dos três patetas e não moveu uma palha de aço pra ajudar a dupla.

O carro torpedo avançava no início do lingotador, pedindo passagem como um tatu. A Ponte Rolante rinchava, carregando uma panela gigante e pedindo vez pra despejar na picolezeira mais uma carga fervendo.

Alheio ao Fim do Mundo Siderúrgico, o Carniça sentou e ficou de butuca, na espreita, meio que escondido, sem denunciar presença. Eis o quadro: duas figuras, um baiano por baixo, no contrapé do resfriador, suando mais que dentadura em boca de porco defumado, e um cearense por cima, dando pinotes igual galinha de granja, com receio de queimar as mãozinhas no rescaldo do lingote.

Mas quando o Carniça notou que o Framboesa sujou os fundilhos da calça, de tanto fazer força, ah, o malandro saiu do esconderijo e anunciou:

— Retentor é Sabó, óhhhhhh! — gritou, balançando na mão um anel de borracha.

Se os colegas de turno não tivessem tirado uma foto, que mandei o Marcelão arquivar em caso de processo, o Baiano ia dizer que nunca aconteceu nada disso, e que eu tô inventando.

Enquanto termino de escrever essa crônica, corre o ano de 1979. O General Geisel revogou o Ato Institucional Número 5, medida infame que levou muitos de meus companheiros para a prisão, tortura, morte. Mas a luta não foi em vão. Fiquei sabendo que o Baiano ainda está vivo e tem um boteco na Vila Tanque, em João Monlevade. O Chico Barcelona, depois de aposentado, virou hippie e montou uma Pousada em Cumuruxatiba, no litoral sul da Bahia; o Framboesa submeteu-se a delicada cirurgia e trocou de sexo, virando atração principal em uma boate gay de Belo Horizonte; o Carniça, coitado, esse morreu de desastre na BR381; e o Loló, que não havia entrado na história, casou-se com Raimunda da Silva Santos, uma mulata feia de cara, de olhar simpático, e hoje os dois vendem cachorro quente nos Estados Unidos da América.

Ipatinga, 25 de janeiro de 2009.

PARTE DOIS
SOBRE FÁBULAS E OUTRAS HISTÓRIAS
PRA BOI DORMIR

Negra de Piche e os Sete Anões Branquelos

Para minha filha Laura

E viveram felizes para sempre...
    Balela. Todo conto de fadas termina assim, porém a verdadeira história começa quando a felicidade chega ao fim. Eu sempre quis saber o que aconteceu com Branca de Neve depois que ela se casou com o príncipe encantado. Será que a princesa comprou uma Brastemp? Ou virou estrela de cinema?

    Uma noite, antes de dormir, minha filha Laura me perguntou:

    — Pai, quando não existia televisão colorida de que cor era o mundo? As pessoas enxergavam tudo em preto e branco?

    — Não, filha, quando a televisão em cores foi inventada o mundo já era colorido. Você sabia que a Terra, vista do espaço, é azul? Quem pintou o mundo de preto e branco e o colocou dentro de um tubo de imagem foi o homem. Agora, escuta com atenção a historinha que o papai vai te contar, porque amanhã a gente tem que acordar bem cedinho pra ir à escola.

    Era uma vez uma princesa chamada Branca de Neve que morava com o príncipe e o lindo cavalo do príncipe em um castelo alugado na Baviera.

Depois que o príncipe deu um beijo na boca de Branca de Neve, vistos e etecétera, os dois foram viver felizes para sempre até que a morte os separasse.

Contudo, não sabemos quase nada sobre a vida de Branca de Neve; depois de fechado o livro de histórias, não ficamos sabendo o que aconteceu no Reino Encantado, as fofocas, se os sapos se revoltaram, ou se surgiu alguma concorrente para questionar a eleição sem concurso de Branca de Neve para mulher mais linda do Reino. Por páginas e páginas brancas, não escritas, Branca de Neve se sentira a mais Poderosa, despertando a inveja das outras princesas que não entraram na história.

Seguindo a tradição, Branca, antes de fazer a toalete matinal, punha-se em frente ao espelho e perguntava: "Espelho espelho meu existe alguém mais linda do que eu?"

— Eu já lhe disse que NÃO! — respondeu o espelho, puto da vida, por ter sido acordado tão cedo "pela enésima vez", escravizado pela vaidade obsessiva de Branca de Neve.

Baixou uma recessão braba no Reino Encantado e o marido de Branca foi à falência. Para garantir o sustento, ela teve que ajudar o marido, trabalhando em dupla jornada. Fora de casa, a ex-princesa viu-se obrigada a vender coxinhas pra pagar as contas. A vida estafante, as dificuldades financeiras e as constantes mudanças de residência detonaram sua beleza.

Branca de Neve estava infeliz no casamento. Depois de dois anos sustentando o marido, nossa heroína descobriu que o príncipe não passava de um sapo, um folgado, enquanto ela se esfalfava, trabalhando na rua e em casa.

Mesmo depois de casada, Branca nunca deixara de visitar os sete pequeninos, levando-lhes sempre alguns mimos: chocolates, balinhas de caramelo, deliciosas tortas de maçã. E antes de colocá-los pra nanar em suas sete caminhas, lhes servia uma sopinha bem quentinha e depois os vestia com camisinhas de pelúcia pra espantar o frio que fazia do lado de fora da cabana, nos arredores da floresta negra.

Num domingo de Páscoa, Branca de Neve chegou em casa por volta das seis e meia da manhã, sem anágua, meias rasgadas, cabelos cheio de carrapicho; no pé esquerdo trazia apenas um pé do sapato de plástico que o marido lhe comprara na loja de um e noventa e nove. O príncipe, que no dia anterior vendera o cavalo pra comprar cachaça, estava mais bêbado que uma porca, mas não era estúpido. Ao ver a mulher naquele estado, arregalou os olhos, levantou-se do sofá e proferiu um ultimato: "Ou você passa as noites em casa, ou vai morar de vez com os sete anões no meio do mato!"

Para Branca de Neve, foi fácil tomar a decisão. A bem da verdade, havia cerca de três anos que os sete pequenos lhe garantiam o sustento. Era da mina de ouro dos anões, inclusive, que Branca conseguia o dinheiro pra comprar mantimentos, e que o príncipe surrupiava pra tomar cerveja, mascar tabaco e apostar em corridas de cavalos.

Foi então que BN voltou para sua antiga cabaninha na floresta, de onde saíra pra se casar com o safado do príncipe. Os anões ficaram felizes da vida.

Passaram-se meses e anos. Branca retomou sua rotina, lavando, passando e cozinhando. Um dia, ao varrer embaixo da cama, encontrou um velho baú, e dentro dele o antigo espelho mágico dos tempos em que era jovem e bonita. Entusiasmada, mais que depressa tirou a poeira da superfície do espelho e, ajeitando o cabelo em frente à imagem refletida, proferiu aquela batida pergunta:

— Espelho, espelho meu, existe alguém mais bonita do que eu?

— Sim — respondeu o espelho.

— Sim? Você disse sim? Mas, como? Quem? Onde? Qual o seu nome? Espelho, espelho meu, não serei eu a mais bela dentre todas as donzelas? Diga-me, como ela se chama? Ela é branca, vermelha, loura ou morena?

— Qualquer uma é mais bonita que você, Branca de Neve. Você não se enxerga? Feiosa! Até a Dona Florinda, do seriado Chaves, é mais bela que você!

BN ficou arrasada. Chegou o rosto próximo ao espelho e conferiu: a pele de sua face parecia casca de lagartixa, desbotada e quebradiça. Como é que ela não tinha notado? Uma verruga crescia bem na ponta do nariz. As mãos grossas e calejadas, de tanto cavoucar, lavar, passar e descascar batatas. De uns meses pra cá, a poeira de ouro extraída da mina dos sete pequenos mal dava pra comprar farinha de trigo. Fazia meses que não tomava um banho de sabonete. Branca colocou o pé no banquinho e examinou uma das pernas: varizes! Tirou a saia e ficou de calcinha em frente ao espelho, apalpou as nádegas: que horror, celulite! Se perguntou:
— Deus, o que fiz para merecer tanta feiura? Logo eu, que era a princesa mais linda dos Contos de Fadas? Oh, céus, como acabará essa história?

Enquanto isso, do outro lado da floresta, em um Castelo de Chocolate, morava uma menina branquinha e bonita. Mas algo terrível iria lhe acontecer.

Um dia, os pais da menina bonita resolveram dar uma festa para comemorar o aniversário de cinco anos da filha. Na época em que essa menina nasceu, branquinha e fofinha, Branca de Neve ainda era conhecida como a moça mais linda do Reino.

Para a festa de aniversário foram convidadas as pessoas mais importantes do Reino. Compareceram, levando lindos presentes: Ana Maria Brega, Xuxa Saco, Gizele Bucho, Hebe Escracho, Eliana Piu Piu, Angélica Sonrisal, Graziele Amansaferro e as demais louras ricas do Reino de Faz de Conta.

Só uma pessoa não foi convidada.
— Quem? Quem é que não foi convidado, pai? — perguntou Laurinha.
— A Porca Loura, mãe dos três patinhos, Huguinho, Zezinho e Luizinho.
— Mas, pai, os três patinhos não são filhos do Pato Donald? Ah, pai, você tá misturando as histórias... Eu não tô entendendo nada!
— Presta atenção. Daí, enquanto todos cantavam "parabéns pra você", chegou a Dona Porca e escondeu-se atrás da porta. No

exato momento em que a linda menina foi fazer o pedido, a Porca Loura saiu de trás da porta e afundou o rosto da linda menina no bolo de chocolate. Diz uma lenda antiga da Alemanha que, se uma porca empurrar o rosto de uma criança no bolo enquanto ela faz o pedido, a maldição fará com que tudo o que a aniversariante pediu aconteça ao contrário do desejado.

— E qual foi o pedido da linda menina, papai?

— Ela pediu: "Quando eu completar quinze anos, quero ser linda igual Branca de Neve".

A menina não estava a par da tragédia que se abatera sobre Branca de Neve depois que colocaram FIM na última página do conto de fadas. Que coisa, não? O pedido da menina de álveos bracinhos deixou as morenas putas da vida. E Branca de Neve nem fazia parte da Alta Gerência do Castelo! Já as louras, principalmente as inteligentes, adoraram o feitiço da porca; para as invejosas seria menos uma na concorrência.

Pois então, a porca-bruxa inverteu o pedido e transformou o desejo da linda menina em maldição. Desse modo, quando a pequena completasse quinze anos, sua pele ficaria negra como a noite sem lua.

Ninguém deu bola para tamanha tolice. O tempo passou. E no dia seguinte ao aniversário de quinze anos da linda menina, quando ela acordou e abriu os olhos, maravilhada pela festa do dia anterior, não percebeu que sua pele estava negra como o petróleo do Mar do Norte. Entrando no quarto para lhe dar o tradicional beijo de bom-dia, os pais não a reconheceram:

— Quem é esta criatura deitada na cama de nossa filha? — perguntou a mãe.

— Mamãe, sou eu, Branquinha! Que cara feia é essa, papai? Tô ficando com medo...

— Nossa filha? Nossa filha é mais branca do que o brilho da lua! — disse a mãe.

— Querendo se passar por nossa filha, sua impostora! Nossa filha é mais branca do que a espuma do mar! – disse o pai.

— Você não é nossa filha! Racha fora dessa cama! — berrou a mãe. Você não se enxerga? Olhe-se no espelho! Você é muito feia!

Ao ver sua face negra refletida no espelho, a menina não pode conter um grito estridente. Horrorizada, arrancou os cabelos, esfregou as unhas no rosto, debateu-se no chão. Em vão. Foi agarrada por dois lacaios e expulsa do castelo a pontapés, levando apenas as roupas do corpo.

A mocinha vagou pela floresta, durante cinco noites e cinco dias, chorando pitangas pelo caminho, pitangas que ela apanhava e ia comendo pra não morrer de fome. Até que no sexto dia a negrinha encontrou os sete anões, que vinham tristes e macambúzios pela estrada, sem cantar a tradicional musiquinha: "Eu vou, eu vou, pra casa agora eu vou". Decerto, os pobrezinhos não haviam encontrado nenhuma pepita gigante, nenhum veio de diamante, nem haviam acertado os seis números da Mega Sena. Ao se depararem com a estranha criatura, chorando pitangas pela floresta, os sete anões falaram ao mesmo tempo, espantados:

— Que moça mais esquisita! Tem a pele escura como penas de corvo! Será que ela é filha da bruxa?

Os sete pentelhos, aproveitando que a menina se sentou na pedra para chorar melhor, deixaram as ferramentas de lado e correram para a cabana. Em casa, pegaram rede, corrente e a espingarda, e, chegando de surpresa por trás, capturaram a pobre menina. Levaram a negrinha, amarrada, machucada, gritando muito, à presença da madrinha.

— Quem é essa? — perguntou Branca. — Não veem que estou cozinhando?

— Madrinha, esta é Negra de Piche — disse Sansão, segurando a rede de captura dentro da qual a menina se debatia. — Uma menina esquisita que achamos na floresta, tão feia quanto sua falecida madrasta. Nós a trouxemos, madrinha, para que a senhora faça com ela o teste do espelho. Veja com seus próprios olhos, quanta feiura!

Um raio de esperança surgiu nos olhos de Branca.

— É mesmo! Quem sabe o espelho não me declara mais bonita do que essa filha do Pássaro Preto!

Branca retirou o espelho do baú, soprou a poeira e perguntou:

— Espelho, espelho meu, quem é mais bonita? Eu, Branca de Neve, ou essa moça, conhecida por Negra de Piche?

E o espelho, espelho meu, que não era meu e nem seu, respondeu:

— Reparando bem, vejo que a menina tem os mesmos traços que você, Branca de Neve, aos quinze anos. Repara na suavidade da pele do rosto dessa criatura! Meu Santo Expedito! — admirou-se o espelho, deixando escapar um raio que iluminou toda a cabana. — É a mulata mais bonita que eu já vi!

Branca de Neve não aguentou, desmaiou de desgosto. Um dos anões, acho que foi o Dunga, pegou uma bola murcha e estraçalhou o espelho mágico, que se partiu em quatro mil e oitocentos pedaços.

Então, os anões, querendo consolar a madrinha, prenderam a menina negra na caverna, a pão e água.

Um dia, um príncipe negro, montado em um cavalo negro, veio de Tanganica pra libertar a princesa negra que os sete anões haviam acorrentado na mina escura.

Depois de uma longa viagem, finalmente o Rei de Tanga penetrou na caverna. Espantado, iluminado pela luz de archote, viu a moça negra chorando baixinho, acorrentada pelos tornozelos. O príncipe negro não perdeu tempo com história de carochinha, foi PÁ e PÓU: enfiou um salame com Lacto-purga na garganta de Branca de Neve, passou o rodo nos sete anões, pegou um alicate e libertou a menina Negra de Piche. No dia seguinte, os dois embarcaram para a África, onde se casaram ao som de tambores, atabaques e agogôs.

Tempos depois, Negra de Piche veio para o Brasil e entrou para o Bando de Teatro Olodum, onde virou primeira-bailarina da peça África. Durante cinco anos seguidos, foi escolhida Rainha do Teatro Africano. O Príncipe de Ébano fez mestrado em percussão na Universidade de Salamanca, na Espanha. Hoje, Negra e o Príncipe Negro se apresentam pelo mundo inteiro, tocando tambores, dançando e encenando os costumes africanos para os brancos sem ginga.

— E a Branca de Neve, pai, o que foi que aconteceu com ela? – perguntou Laurinha, abrindo a boquinha com sono.

— A Branca de Neve? Ah, é mesmo! Eu já ia me esquecendo. Branca de Neve descobriu que a moldura do espelho mágico era de ouro puro, e vendeu o objeto falador para a Caixa Econômica por dois milhões de dólares. A de Neve dividiu o dinheiro com os sete anões e internou-se em uma clínica de beleza. Saiu da clínica, três meses depois, com tudo em cima, casou-se com um padeiro que fazia um programa na TV e montou uma confeitaria maravilhosa na parte Leste de Berlim. Os dois estão riquíssimos! Advinha qual é a especialidade da casa? Torta de maçã!

E todos viveram felizes até ontem...

Moral da história: Qual a cor da realidade? Quem saberá nos responder? A felicidade não tem cor, mas há épocas em que enxergamos as coisas pretas, brancas, amarelas...

Ipatinga, 15 de abril de 2007.

O ESPÍRITO DE PORCO DEFUMADO

Um ato de desagravo. Enquanto a imprensa bovina se compraz em negar a contribuição da raça suína para o desenvolvimento da espécie humana, cinco quilos de carne de porco foram lançados às chamas ardentes do fogão industrial de Dona Perpétua, dentro de um panelão de alumínio. Foi no segundo domingo do mês de maio, ocasião em que se comemora o tradicional Dia das Mães. Na data festiva, os leitões presentearam nossas genitoras com uma deliciosa feijoada mineira. O único veículo de comunicação convidado para o acontecimento comestível, regado à mais fresca e saborosa água do filtro de barro, foi *O Morro do Geo*.

Perpétua Maria da Cruz é gente que faz, que fez e que ainda pode fazer muito mais. Nasceu na roça e foi casada com Benedito, de quem se recorda com muito carinho. Com Bené, teve três filhas maravilhosas: a mais bela e charmosa delas, Dulce, eu catei pra ser minha esposa. Dona Perpétua, a melhor sogra que eu já tive neste mundo cão, prepara a melhor feijoada de Monlevade, o Marcelão é testemunha. Perpétua, cujo nome lembra o da flor que muito se cheira, mora em uma casa simples na Rua Brasília, no Bairro Carneirinhos, no Centro Comercial e Financeiro de João

Monlevade. E tem a Matilde, sua irmã, sempre tão presente e atuante, como a Companhia Belgo Mineira. Matilde é um doce de pessoa; adora dançar, descascar abacaxi, picar couve e temperar a vida com muito carinho.

Enquanto isto, na coluna de economia de Mirian Leitoa, a imprensa bovina não sossega um minuto sequer em sua lucrativa tarefa de macular a honra dos porquinhos, jogando a culpa pela queda da atividade econômica nas costas da gripe suína, tudo para que algumas multinacionais possam faturar milhões de dólares com vacinas que não curam patavina.

Flagrado no YouTube, o Ministro da Saúde José Leitão da Serra explicou a *O Morro do Geo* como é que se pega a malfadada gripe. Disse o careca, candidato a presidente:

"A gripe suína é transmitida pelos porquinhos quando se chega perto do nariz do porco. O providencial é não se aproximar do animal. Em segundo lugar é de pessoa para pessoa, quando as pessoas espirram (...). Quero dizer que essa gripe não é transmitida pela carne de porco cozida. É importante para que não se gere uma paranoia em relação aos porquinhos."

Depois dessa didática explicação do eterno Ministro da Saúde do Governo FHC, não restou motivo para pânico.

O vírus da gripe é mutante, acrescenta o estudante Ícaro:

— Tio, o vírus surgiu de uma cepa genética da célula H1, que escapou para o meio ambiente após o espirro de um porco alérgico a capim cidreira.

— É mesmo?!

— É. O vírus da gripe suína se espalha também quando os porcófilos, homens e mulheres tarados por carne de porco, lambuzam-se a noite inteira nas famosas festas gripais, distribuindo beijos na boca uns dos outros, se agarrando sem lavar as mãos, sem usar máscara facial, luvas ou preservativo na língua. Nesse estágio de porcaria, tio, a nova gripe se hospeda no homem, e o vírus está em constante mutação, trocando material genético com as cachorras, éguas, cabritas, vacas e mulas.

Um porco que cai. Se tudo der certo, como alardeia a máquina da propaganda antiporcina, o vírus da gripe A deverá matar cerca de vinte milhões de porcos humanos, Raimundos e outros imundos por este vasto e injusto mundo carente de poesia, principalmente os que não lavam as mãos, não tomam banho e não escovam os dentes! Mas, e se a notícia não passar de alarme falso? Ora, pois, ao menos as farmácias terão faturado os tubos e os telejornais terão esquentado a matéria até que se descubra um novo escândalo no Senado Secreto, enquanto outra crise não acometa a bolsa da viúva, ou aconteça uma novíssima e inédita tragédia na aviação civil.

Momento de purificação. Antes de entregarem seus corpos gordurosos para serem cozidos com feijão, os porquinhos são rigorosamente depilados, lavados, purificados, fermentados, temperados e condimentados. Entre a feira e a panela, o ritual demora cerca de oito horas. Depois da higiene sanitária, os miúdos e partes adimplentes são cuidadosamente depositados em feijão preto borbulhando de tão quente: rabinho, pés, orelhas, focinho, toucinho, suã e linguiça sem trema, mais louro, coentro, alho, salsinha, cheiro verde e cebolinha. Pimenta a gosto, couve a setembro, farinha a outubro. Nesse momento solene, Matilde e Dona Perpétua cantam uma música de Cascatinha e Inhana: "saudade, palavra triste quando se perde um grande amor."

O porco humano. O primeiro casal da raça suína chegou ao Brasil em vinte e dois de abril de 1500 trazido por um marinheiro de Cabral, conhecido por Zé do Porco. Zé do Porco não foi o primeiro português a se apaixonar por um porquinho-da-índia. "Desde Jesus de Nazaré que do porco tudo se aproveita, desde o espirro até o espírito", recita o Compadre Adelmo, abraçado à sua esposa Déa Maria.

— Por exemplo, vai anotando aí: do espirro se faz vacina, do espírito de porco, macumba; da pelagem do suíno fazem-se escovas de dente, vassourinhas e pincéis para maquiar as modelos; do couro, retira-se a pele para fazer torresmo; das unhas do bicho fabricam-se pentes, colares, anéis, pulseiras e outros adereços; da banha produz-se um bom sabão pra lavar roupa, e dos intestinos retiram-se as tripas para encher linguiça. E por fim, da urina do porco macho, varão, extrai-se uma essência ótima pra fazer perfume e deixar as nossas negas muito mais cheirosas. Repara bem pra você ver como o porco é amigo do homem: o caboclo que mora na roça e tem uma porca arrumada, daquelas criadas com lavagem, não precisa nem de mulher.

Baixando os olhos em frente à televisão, veem-se no chão da sala quatro belas crianças, parcamente deitadas na beirada de um colchão, fuçando debaixo de uma coberta: Arthur e Maria Cecília, Laura e Luiz Felipe. E lá vem Meg Malinha, a cachorrinha de estimação de Laurinha e Maria Cecília, toda sujinha, balançando o rabinho, e tasca sem cerimônia uma lambida na testa do Arthur e uma fungada no pé da Ana Flávia, filha predileta de Déa e Adelmo.

Em busca da teta perdida. Todo mundo nasce querendo uma teta pra mamar, como se fosse um leitãozinho. Cientes da necessidade atávica do ser humano por uma mamada, depois de um lauto e saboroso almoço, os simpatizantes da família Cruz & Credo saíram em carreata até o Bar do Manoel, o popular Pé de Porco. Lá chegando, aboletaram-se naquelas cadeiras plásticas e consumiram vinte e quatro garrafas do legítimo leite-que-porca-não-bebe.

Depois de abastecidos pelo néctar das divinas tetas, os senadores, republicanos, democratas e amigos da porca, já com a garganta fria, aprovaram uma moção de repúdio contra a declaração preconceituosa proferida pelo Primeiro-Ministro da Saúde a respeito de uma possível gripe transmitida pelos suínos. A moção foi aprovada por unanimidade. Aprovada, também, por ampla maioria, a mudança de nome da nova gripe, de forma a resgatar os laços de amizade entre homens e porcos, desde os tempos de Cristo, melhorando a imagem dos porquinhos perante a sociedade dos mamíferos racionais.

Após intensos debates, palestras e explanações, duas opções foram eleitas: em primeiro lugar, foi escolhido o nome científico do vírus, H1N1; em segundo, em caso de esquecimento da sigla, recomendou-se utilizar o nome *Influenza A*. Por fim, deliberou-se que ambos os nomes devem ser utilizados por autoridades, jornalistas, sacerdotes, médicos, policiais, funcionários públicos, advogados e formadores de opinião para denominar os infectados pela recente pandemia, evitando preconceitos e discriminações sem pé nem cabeça de porco. Mas, a dúvida permanece: será que o povão vai deixar de chamar a nova gripe de "suína"? Oinc, meninos!

Ipatinga, 30 de julho de 2009.

O LENDÁRIO CAVALO DO SECRETÁRIO

Uma pessoa asinina, do signo de sagitário, metade gente metade cavalo. Se lhe chamavam pelo nome, o homem soltava fogo pelas ventas. Um dia, falou-lhe o Imperador das Minas:

— Tu vais para Brasília. Prepara-te, até o final do ano serás nomeado Secretário.

E foi assim que um rico proprietário de lavras, cansado da incompetência de seus trezentos assistentes, resolveu nomear para Secretário da Fazenda um cavalo engravatado.

De todas as qualidades imagináveis em um cavalo, a esse nomeado Secretário só faltava relinchar, porque falar, ele já falava, como se habitasse uma fábula entre os homens. Relinche?

Ao contrário da música de Caetano "Vaca Profana", poucos diriam que de perto o Secretário era um cavalo, de tão fino e educado que era no trato. Casado, esposa diabética e uma filha psicóloga. A primeira aquisição do novo Secretário, um mês depois de empossado, foram quatro ferraduras de prata.

Duas ou três vantagens de se ter por Secretário um cavalo: o cavalo come capim e não reclama. O cavalo dorme em cama de palha e não veste terno Armani. O cavalo não bebe Brahma.

O melhor do cavalo, em comparação com um bípede, não é que o primeiro seja mais fácil de ser domado por ser quadrúpede. Não. A diferença crucial entre o homem e o cavalo é que o cavalo não tem consciência do drama humano, do por que, do pra quê; muito menos o cavalo se pergunta por quem será montado — pelo menos enquanto o bicho está sendo arreado.

No reino teatral, já dizia Nelson Rodrigues, não é comum se dizer "vou montar o Boal". Pega mal.

No Mundo Animal a coisa muda de figura, ainda mais quando o cavaleiro e a montaria são denominados pela literatura médico-científica "seres humanos". Dependendo das condições da estrada — se no caminho há valetas, mata-burros ou buracos —, o domador inexperiente pode ver-se em situação embaraçosa, na hipótese de o animal teimar em ir para um lado diferente do pretendido pelo cavaleiro. Aí, ou o patrão solta a rédea e deixa o cavalo ir para onde quiser, ou força o cabresto a ponto de ferir a boca do animal, visando quebrar a soberba do quadrúpede. Pra não banalizar o efeito do instrumento, o chicote só deve ser usado em situações extremas, e também pra não deixar o animal sem vergonha.

Um bom cavalo quase sempre fala a mesma língua de seu amo: o cavalês, idioma mais simples que o javanês, tão universal quanto o inglês, o que facilita a aproximação entre o Executivo e seus aliados, e até os inimigos do Governo. Relinche? Vejam a novela do Senado, o compadrio de Sarney com Lula, de Lula com Renan e de Renan com Collor — até parece que os quatro cavaleiros sempre foram amigos, mamaram nas tetas da mesma rês pública desde criancinhas. Tudo depende das circunstâncias. Política é a guerra por outros meios. O que não pode, de forma alguma, é deixar de conversar, relinche?

O galope inicial. Nomeado e empossado, com o pelo escovado e os cascos aparados, o Secretário ocupou sua ampla baia central. No dia seguinte, bem cedo, levantou-se, escovou os dentes, ajeitou a gravata em frente ao espelho: estava mais bonito que cavalo de charrete. Depois, instalou-se em um monte de feno e pôs-se a pensar. Não era o cavalo do herói, não falava inglês. Fora mais longe do que o avô Sansão, que só aprendera três letras do alfabeto. Treinado pelo Gato-Mestre, o Secretário sabia relinchar as sete letras do IDGA (Instituto de Desenvolvimento Goela Abaixo): BSC e PDCA. Satisfeito com a própria posição, o Secretário levantou-se nas quatro patas, balançou a crina, fez uma careta e começou a trotar.

Pocotó. O Secretário gostou do que escutou, ao bater os cascos no assoalho do gabinete. *Pocotó, pocotó, pocotó* — ouvia-se o som do Secretário trabalhando. Devagarzinho, ele ia pegando o jeito. *Pocotó.* Até que não é difícil comandar uma pasta, pensou. Em seguida, pegou uma folha em branco e emitiu seu primeiro ato administrativo, nomeando aquele que seria seu Homem do Chicote — feitor responsável pelo alinhamento estratégico de mil e quinhentos orelhudos, jegues, jumentos, cavalos sem estirpe e outros quadrúpedes.

Diplomados, encilhados e domados, era hora de colocar as alimárias pra pastar. O Secretário riu seu riso de cavalo e estalou no ar um chicote enfeitado com bolinhas de aço: *Shhllllleeeepppp!*

E começou a correria, em busca da meta final. Ninguém via nada, de tanta poeira. Nenhum animal ouvia o semelhante, todos de orelhas abaixadas, tamanho o silêncio dos cascos digitando ao mesmo tempo. Um assessor especial de porra nenhuma colocou a música da eguinha Pocotó e a coisa esquentou.

O vento batia na crina do Secretário. De onde eu estava dava pra filmar apenas a carranca do Primeiro-Cavalo; os demais vinham em fila indiana, certinhos, alinhados como a cavalaria troiana. O Secretário batia as ferraduras uma na outra, soltando faíscas no capinado: o céu era o limite, quem não aguentasse que pedisse as contas.

O cavalo do Secretário estufou as ventas, correndo atrás de metas feito um tarado. Seguindo as ordens da Alta Estrebaria, a cavalaria ligeira saiu em disparada, pisoteando a grama dos parques, derrubando latas de lixo, acordando os mosquitos da dengue, incomodando os veados folgados.

Aconteceu, porém, que a manada reduziu a marcha sem aviso prévio; aqui e ali cavalos abanavam os rabos, tranquilamente, pra espantar moscas; outros apreciavam as nuvens, por achar muito sem graça aquela cavalgada louca, nada a ver com a música de Roberto & Erasmo Carlos. Correr pra onde, pra quê e por quê? — perguntavam-se os cavalos filósofos. Vocês estão cansados, ou seria preguiça? — azurrou o Secretário, cuspindo uma baba amarela, relinchando e eriçando sua pelagem azul-marinho das quatro patas até a crina. Irado, o Secretário baixou a Ordem de Serviço 003/2009: Trabalharás mais ainda!

Diz o ditado que quando um burro fala os cavalos esticam as orelhas. Um jegue marrom, que tentava se passar por puro sangue e cuja verdadeira natureza revelou-se tão logo o animal emitiu um solfejo característico, veio lá detrás com uma ideia genial:

— Por que não criamos um adicional?

Isso mesmo! Um Programa de Incentivo ao Aperfeiçoamento Profissional dos Jegues, o PROJEGUE!

— Boa ideia! — entusiasmou-se um terceiro jumento. A confusão estava armada. Burros e cavalos graduados falavam ao mesmo tempo.

— Um adicional?! O que é isso? — relinchou um cavalo velho e barbudo. — Adicional de quê?

— Ora, um adicional! — ouviram-se relinchos conflitantes.

— Isso mesmo, um adicional, um prêmio pra estimular os jegues e cavalos a correrem juntos. Unidos, bateremos todas as metas!

— *Ueba!* Finalmente terei chances de chegar ao final da carreira! — disse um cavalo de barbicha, língua de fora, olhos esbugalhados pela correria.

— Juntos? Quem teve essa ideia de jumento?

— Juntos? Misturar cavalos de raça com asnos na mesma baia? Isso não!!! O adicional deve ser só pra quem nasceu até 31 de dezembro do ano de 1044, antes da vinda do Cavalo de Crista! (1044 a.C.C., é assim que se escreve).

Cavalo de Crista foi um cavalo lendário, um cavalo perfeito que veio ao mundo em época de seca medonha para ensinar a parentada a se alimentar do próprio vômito, a beber da própria urina pra matar a sede. Ensinava ele, o Cavalo de Crista, que adequar-se à Natureza é uma forma de alcançar o alinhamento correto. O Primeiro-Muar inventou o método do abomaso, ensinando os cavalos a ruminar — por isso os cavalos são considerados os seres mais inteligentes da fazenda.

E foi assim que se criou o adicional de cavalgadura, de forma a estimular o crescimento racional dos jegues. Foi assim também que os mais fraquinhos, por causa de restrições do Programa — não havia capim de primeira para todos —, foram empurrados para a retaguarda da tropa e acabaram capturados pelo fabricante de salame: muitos viraram carne moída, embutidos, linguiças e salsichas de origem duvidosa, produzidas pela Máquina Legislativa. Outros passaram do ponto, não observaram o tempo de corte, foram cassados pelo Judiciário como se fossem veados e tiveram suas cabeças de jumento expostas no rol dos culpados. Alguns levaram duzentas chibatadas, perderam o rebolado e hoje vagam por aí, mendigando uma vaga de assessor nos Gabinetes da Assembleia Legislativa.

Mas a cavalada, puxada pelo Secretário, o Primeiro-Cavalo do Paço Administrativo, não podia parar o galope insano: "Trabalharás mais ainda!" E tome chicotadas.

De repente, sem ter nada a ver com a história, apareceu nesse cenário animalesco um porco espirrando e correndo atrás de um marreco. Este, por sua vez, corria atrás de uma galinha. Coisa de maluco. Os cavalos da Estrebaria da Fazenda não deixaram por menos. Uns disseram que era campanha antecipada, intriga da oposição. Alguém mencionou algo sobre a filmagem de um episódio do Sítio do Picapau Amarelo. Outro relinchou que os bichos da fazenda tinham sido contratados para participar de um especial do MPB4, com músicas do Vinícius de Moraes. Vai saber.

Até que apareceu na Fazenda um filho de uma égua e desligou o padrão central de energia. A música da eguinha pocotó parou na hora. Ficou tudo no escuro, os bichos dando cabeçadas uns nos outros. Foi uma algazarra de patas, rosnados, chiados e penas. Daí, não vi mais nada. E acabou a história.

Ah, tudo isso aconteceu antes da chegada dos homens, com seus computadores maravilhosos.

Ipatinga, 28 de agosto de 2009.

O MENINO DO CABELO ATÉ O PÉ

Para meu sobrinho Gabriel

Era uma vez um menino chamado Izirié.

Izirié fazia tudo que um menino de nove anos gostava de fazer. Quebrou o nariz jogando bola, foi para o Hospital, tomou óleo de fígado de bacalhau, brincou de médico, soltou pipa, caiu da bicicleta um monte de vezes e tomou chineladas da mãe, sem falar das risadas que o menino dava — grandes gargalhadas, parecidas com as risadas do Picapau, aquele pássaro de penacho vermelho do desenho animado. Izirié ria até urinar nas calças, de qualquer coisa que ele achasse graça.

O pai de Izirié era um carecão, advogado de profissão, mestre do trololó. A mãe vivia de fazer escovas burras nas louras inteligentes. O menino tinha um irmão chamado Abraão e um cachorro magrelo que gostava de comer mochila de escola, lápis, caderno, borracha e outros materiais espalhados pelo chão da sala.

Izirié estudava de manhã. De tarde, via televisão, dormia, via mais televisão, voltava a dormir ou jogava videogame, não exatamente nessa ordem. Com tanta coisa por não fazer, sobrava pouco tempo para o menino cuidar dos deveres de escola.

Certa noite, como que por milagre, Izirié não urinou no pijama e acabou dormindo mais do que a cama. O sol nasceu e nada de Izirié acordar pra ir à escola. A cama estava louca para esticar as pernas, tomar café e escovar os dentes, mas Izirié, que não ligava muito pra essas coisas, não arredava a poupança do estrado de quatro pés, e roncava, e dormia, como se o mundo não fosse acabar.

Já passava das nove — as aulas de Izirié começavam às sete e quinze da manhã —, quando a mãe deu por conta e correu pra acordar o menino. Ao puxar o cobertor, levou um baita susto: no lugar da cabeça de seu filho, o que havia era uma cascata de cabelo escorrendo da cabeça até os pés.

— Para de brincadeira boba, menino! Levanta logo que você está atrasado para a escola! Onde foi que você arrumou esta peruca gigante? — perguntou a mãe, puxando o cobertor.

Mas não era peruca, não, sua boba. Era cabelo. Cabelo, cabelo saindo de dentro do menino, feito pensamento.

Como Izirié gostava de dormir apenas de cueca, a mãe, esbaforida, tomou-o nos braços pra ver se estava tudo bem com o filho, se o menino não estava sufocado com tanto cabelo. Meu Deus!

Não era brincadeira, concluiu a mãe. Era cabelo de verdade! O cabelo de Izirié mais parecia uma cascata, de tantos fios que escorriam da cabeça, uma mata de cabelo ambulante. Cabelo, cabeleira, cabeludo. Era tanto cabelo que tampava até o pingolim do menino!

Izirié, normalmente, levantava-se da cama tão rápido quanto tartaruga. Mas naquele dia, de tanto ser balançado pela mãe, acabou acordando em cinco minutos. E ao abrir os olhos e ver tudo escuro, o quarto pintado de preto até o teto, gritou, desesperado:

— MÃE, QUEM APAGOU A LUZ?

A mãe não pensou duas vezes. Saiu correndo pela casa e ligou para o SAMU. A ambulância veio em disparada, fazendo *uooooonnnnnnnn* pelas ruas da cidade.

Ao dar entrada no Pronto Socorro, a primeira providência do médico foi pegar uma tesoura e aparar a cabeleira, que tapava a visão do menino.

— Ufa! Agora, eu já posso enxergar o mundo como ele é — disse o ex-cabeludo Izirié.

Nesse meio tempo, convocado pela mãe, o pai do menino chegou ao hospital.

Diante da preocupação externada pela mãe, o médico fez vários exames. Virou o menino de cabeça pra baixo, dos pés para a cabeça, apalpou-lhe a barriga, olhou dentro de sua boca, colocou um palito na língua dele e o mandou repetir o número quarenta e quatro cinco vezes. Terminados os exames, o pai de Izirié perguntou ao médico:

— E então, Dr., o que está acontecendo com meu filho?

— Preguicite literária aguda.

— Preguicite o quê? Aguda, doutor? Isso é grave? Tem cura? — assustou-se a mãe.

— É uma disfunção boba, sem gravidade. O tratamento é fácil.

— Meu filho vai ter que tomar remédio? Fazer fisioterapia no couro cabeludo? — perguntou o pai, preocupado.

— Não. Ele só precisa de leitura, muita leitura, pra acalmar essa moita de cabelo — respondeu o médico.

Era tudo o que o pai de Izirié queria ouvir. O médico explicou com detalhes. O cabelo de Izirié estava crescendo até os pés por que as ideias do menino estavam ficando curtas: decorrência da falta de estudo, de pouca leitura, e também pelo fato de o menino passar a noite em frente ao computador, igual zumbi.

— As ideias em nossa cabeça — explicou o médico, mostrando sob a luz o mapa do exame de ressonância magnética — são como molas. Se a gente tem preguiça, a mola vai encolhendo, ficando frouxa, preguiçosa, e com o tempo a mola não pula de um neurônio para outro, não forma novas ideias. Vejam estes pontos em amarelo, parecendo lombrigas. Miolo mole. Minhocas na cabeça. É o que acontece quando paramos de ler e de estudar: nossas ideias vão diminuindo. Pra ocupar o espaço vazio entre os neurônios, e pra não deixar a cabeça ficar oca por falta de estímulos, o cérebro aumenta a atividade capilar, fazendo brotar moitas de cabelo pra fora da cabeça.

Nesse momento, o pai de Izirié alisou a careca, sentindo-se o mais inteligente dos advogados.

Dessa vez os pais do menino, que viviam às turras, concordaram: Izirié não estava lendo e nem estudando as matérias que a professora passava. Chegou até a tomar bomba no ano passado! Que absurdo, um menino tão bonito e inteligente ser reprovado! E por pura preguiça!

A partir desse dia, Izirié passou a ler até santinho de candidato. Já que era época de eleição, não faltou material para o menino treinar. E tinha cada santinho mais engraçado do que outro! As mais esquisitas caretas! Do que ele mais gostava era de ler o santinho do Macaco Tião. Mas Izirié se cansou daquela mentirada e passou a ler revistinhas da Mônica, do Cebolinha e do Cascão, que eram muito mais instrutivas. Depois, passou para os livros da série Vagalume, os clássicos da nossa literatura: Machado, José de Alencar, Lima Barreto, Érico Veríssimo, Graciliano e outros grandes nomes, comprados com muito gosto pelo carecão do seu pai, que passava horas conversando com o filho sobre literatura. Quanto mais lia, mais inteligente Izirié ficava, com o cabelo tranquilo, bem comportado em cima da testa.

De tanto ler, Izirié aprendeu um monte de coisas bacanas sobre o mundo e acabou se tornando um grande advogado, igual ao pai, exceto pela careca.

Ipatinga, 17 de setembro de 2006.

O BOI NOSSO DE CADA DIA

E praquele que provar que eu tô mentindo,
eu tiro o meu chapéu.
Raul Seixas

O Brasil possui o maior rebanho bovino do mundo: são 210 milhões de cabeças. Em seguida vem a Índia, com 170 milhões. Na Índia, as vacas andam pelas ruas; atravessam em frente aos carros, no sinal vermelho para os pedestres, sem que nenhum policial venha incomodá-las. Aqui, como lá, o gado vacum tampouco respeita as normas de trânsito, fura filas e espalha lixo pelas calçadas.

Em nossa pátria, o boi chifrudo, marido da vaca, foi nomeado Sumo-Sacerdote nas orgias com o dinheiro público. O Boi brasileiro tem livre acesso aos gabinetes de ministros, senadores e deputados. Mas em matéria de rango, o gado brasileiro é exigente: só come picanha de primeira. É a farra do boi.

Os hindus, por motivos religiosos, não se alimentam de carne vermelha. E nem por isso. Perto do gado brasileiro, as vacas indianas são vira-latas, produzem um bife tão duro que nem cachorro come.

Na Índia, as vacas sagradas são tão maltratadas pelos nativos que as chifrudas não valorizam suas crias: deixam-nas pelas ruas, disputando comida com porcos, elefantes e macacos. No Brasil, ao contrário, nossas vacas são mais belas; suas tetas dão mais leite e também mais amores. Nossas vacas são mais formosas, frequentam os melhores salões de beleza. E quando o touro do "senador" pula a cerca para chifrá-las, a pensão do bezerrinho de ouro não sai por menos de R$ 50 mil por mês.

O jeitinho brasileiro, porém, transformou o gado vacum em criatura do diabo. Se na Índia a vaca é um animal sagrado, no Brasil é constantemente profanado: virou fonte de prazer e riqueza. Vejam só a coincidência: um tal de Zuleite da Costa, em conluio com alguns pilantras eleitos pelo voto popular, criou a empresa GAUTAMA — "Gautama" quer dizer "vaca sagrada" —, empreiteira nascida e criada em Brasília, negócio montado pra mamar nas tetas do Tesouro. Até o dia em que a vaca for para o brejo.

O problema do gado brasileiro é que ele não é de confiança. Os bois nunca estão onde deveriam. Existem fazendas no país que produzem milhões de toneladas de carne, sem possuir um pé de boi. Emitem notas fiscais, declaram imposto de renda e pagam todos os tributos, regiamente.

Renan Calhorda vendeu R$1,9 milhões em cabeças de gado para justificar renda. O dinheiro foi destinado a amamentar bezerros, de forma a silenciar a vaca que o Senador inseminara. Mas os bois do senador, egressos das melhores faculdades das Alagoas, se esqueceram de pegar a GTA — Guia de Transporte Animal — e saíram de casa desacobertados. É inconcebível que um boi adulto saia de casa sem documento de identidade! Será que as vacas do senador também eram funcionárias-fantasma do Senado?

Conclusão da perícia feita pela Polícia Federal: para algumas saídas de gado das fazendas de Renan havia nota fiscal, mas não havia boi. Noutras, constatou-se a emissão da GTA, mas os bois não saíram da fazenda: dormiram até tarde e perderam a hora, ou seja, a guia "viajou", na gíria da Auditoria. Em outras operações não havia boi nem GTA, muito menos nota fiscal, mas quem comprou o boi e não recebeu fez questão de pagar a operação com cheque de terceiros, que não foram localizados por serem desconhecidos, estranhos no negócio.

Vocês não vão acreditar, mas dia desses uma vaca foi vista descontando um cheque de R$2,2 milhões, sacado contra o Banco do Brasil no Banco Regional de Brasília. A malhada foi filmada pelas câmeras do COAF, passou pela porta eletrônica, deixou celular e chaves; depois saiu com uma maleta preta e entrou num carro oficial de uso privativo do Senado Federal. Pelo mugido do berrante — em declaração feita ao Delegado encarregado do inquérito —, o dinheiro seria dividido entre os amigos do peito do Senador Roriz, a quem caberia uma parte do dinheiro sacado no Banco de Brasília para ser utilizado na compra de uma bezerra de raça que depois seria leiloada; o montante arrecadado serviria para comprar cestas básicas para o povo carente de Ceilândia. Detalhe: a bezerra, que inicialmente custaria R$532 mil, saiu por R$271 mil, e o troco da aquisição, R$261 mil, foi doado a uma ONG para comprar pão e leite para as creches e orfanatos de Brasília.

Como se não bastasse, são incomensuráveis os prejuízos ocasionados ao país em decorrência da falta de educação e de cidadania dos bois, que se consideram os únicos donos do pasto. E ainda por cima, o pum expelido pelo gado é responsável por 29% do volume de metano emitido em território brasileiro — a título de informação: o gás metano é um dos principais causadores do efeito estufa. Com tudo isso, aliado ao desmatamento de áreas imensas de florestas no Norte do País para dar espaço ao capim, o gado é um arraso para o meio ambiente. Se tivéssemos consciência ecológica, jamais comeríamos churrasco bovino! Sem falar no custo de vidas humanas, no prejuízo material, no atravancamento do trânsito e em outros dissabores, devidos do atropelamento de veículos em alta velocidade ocasionado pelo gado criado ao longo das rodovias.

Os bichos invadem o acostamento, não dão seta, trafegam pela contramão, um verdadeiro desrespeito! Se bem que já existem cidades que optaram por desativar os pardais e colocar uma vaca de plástico para fiscalizar o trânsito. Pesquisas comprovam: uma vaca solta nas estradas exerce um imediato efeito educativo. Depois do primeiro atropelamento, quando a vaca, por força da pancada, arrebenta uns dois ou três carros, a solidariedade se instala entre os motoristas, que ao cruzar uns com os outros piscam os faróis dos carros e reduzem a velocidade.

Infelizmente, a corrupção da carne é responsável pela degradação moral da espécie humana. Já existem escritórios especializados em produzir álibis usando a desculpa esfarrapada do boi, ou da vaca, de acordo com o sexo do interessado:

São duas horas da madrugada e você chega casa, mais bêbado que uma vaca.

— Onde você esteve até essa hora? — pergunta a sua mulher, indignada.

— Ora, eu estava garantindo o leite das crianças! — você responde, balançando uma caixinha de leite longa vida. — Se está duvidando de mim, mulher, pode ligar para a Jurema! — E então você tira do bolso a foto de uma vaquinha holandesa, muito simpática, com um número de celular anotado no verso.

Ah, bem, então está explicado.

Ipatinga, 01 de julho de 2007.

PARTE TRÊS
Sobre homens, lobos e filhos da mãe

A ÚLTIMA CERVEJA GELADA DO DESERTO

A luz forte da sala de autópsia iluminava o cadáver, estendido na bancada de cimento:

— Pelo estágio de decomposição, ele deve ter morrido há cerca de três dias — disse o médico legista, levantando o lençol que cobria o que restara do corpo de meu amigo.

— E então, doutor, qual a causa da morte?

— Seu amigo foi atingido no peito, provavelmente por tiros. O exame de balística irá determinar o calibre da arma. Está vendo? — o médico aponta com uma pinça um arco de pólvora que circundava o tórax do cadáver, buraco por onde passaria uma garrafa de Coca-Cola de duzentos e noventa mililitros.

Voltei os olhos para o quadro de avisos na parede e repassei os acontecimentos dos cinco últimos dias.

Três dias antes...

Fui o primeiro a encontrar o corpo. Quando me aproximei, vi que meu amigo estava sem as botas, os dedos dos pés comidos, a testa esfolada, a pele queimada de sol, e o que restara de sua camisa cáqui virara um trapo manchado de sangue. Em lugar dos olhos, dois globos vazados por bicadas.

Dei dois tiros para o alto. Os urubus levantaram voo, sem fazer alarde.

Tirei o cantil da mochila e tomei um bom gole de água, antes de me abaixar e arrancar a identificação presa ao pescoço do cadáver. Só ao levantar a cabeça fui me dar conta da imensidão do cenário, amplo como tela de cinema; o detalhe é que eu estava dentro do filme, cercado de silêncio.

Eu estava no deserto.

No deserto, todos aqueles carrões que você vê nas propagandas de televisão, cruzando avenidas desertas, não servem para nada. No deserto não há ruas, nem semáforos. Não há prédios, bueiros fedorentos, viciados em crack, traficantes, juízes, deputados, e nem restos de embalagem de batatinha, lançados pelos chifrudos de seus carros em movimento. No deserto, tudo o que você mais deseja é água fresca e uma cueca limpa; e satisfazer a vontade louca de se ver bem longe dessa churrasqueira humana. Nenhum prefeito da cidade mais limpa do planeta conseguiria manter o ambiente tão limpo quanto as ruas invisíveis dessa imensidão de areia branca soprada pelo vento.

Em que enrascada meu amigo foi se meter? Um homem perdido no deserto, a pé e sem água, é um fodido.

O avião que nos levaria, a mim e ao cadáver dele, só poderia decolar no dia seguinte, por causa de uma tempestade de areia que se aproximava. Portanto, eu teria a noite inteira pra meditar sobre a vida.

É de uma beleza indescritível a noite no deserto.

Manhã do dia seguinte, no avião.

Da janela do bimotor, as dunas do deserto assemelham-se ao corpo de centenas de sereias nadando no mar de areia, sob o sol abrasador. Daqui de cima, a mil e quinhentos metros de altura, o deserto é um dossel forrado de alvos lençóis — corpos embaralhados, braços, pernas, coxas e nádegas em tórrido bacanal. Que visão fascinante!

Olho para longe, à frente da cabine do piloto. Ao leste, as dunas se movimentam; alvéolos de areia se transformando em imagens eróticas. A espinha dorsal de uma mulher serpenteia de um extremo a outro do areal, por quilômetros, se afunilando no horizonte e se enroscando nas coxas torneadas de uma dançarina do ventre, tão branca e sinuosa quanto ela. À esquerda da janela é possível vislumbrar grutas secretas, bundas redondas e lisas como gelatina, tetas enormes, vaginas, odaliscas surgidas da areia, prontas para sugar a seiva do seu pau até a raiz do saco.

Volto os olhos para o interior do avião e deparo com o que restou de você, envolto em lona preta. Você fede, camarada. E o fedor que exala de seu corpo me deixa com dor de cabeça. Tomo um Dramin regado por uma boa talagada de Jack Daniels e adormeço. Por favor, não me incomode, quero acordar somente quando chegar a Damasco.

Cinco dias antes...

Acho que faz dois dias que estou perdido neste deserto. A palavra "sede" é insuficiente para descrever a sensação de secura em minha garganta, que arde qual caldeirão de agulhas ferventes. Melhor economizar saliva. Pensar pouco. O vento não responde. O cantil vazio, e pra comer resta-me uma barra de cereal no bolso da calça.

Na tarde do terceiro dia, do alto de uma duna de areia, vejo o esqueleto da cidade e me pergunto: "que maluco iria se enfurnar neste lugar?" A uma distância de quinhentos metros consigo ver quatro casebres, dois coqueiros, uma torre de madeira e o que sobrou de um jipe sucateado. Um aglomerado urbano.

Entro na cidade pela única rua. O lugar abandonado parece ter sido, há muitos anos, um acampamento de mineiros. Ou talvez o alojamento de alguma empresa de turismo de aventura. Bolas de arbusto assopradas pelo vento passam à minha frente. Se estivesse numa propaganda de Marlboro, ao fundo tocariam o tema de Ennio Morricone em "O Bom, o Mau e o Feio". Mas parei de fumar e não tenho um mísero cigarro na boca — sem chance de entrar na cidade em grande estilo. Longe das câmeras de televisão, sem maquiagem nem holofotes e tendo o sol por testemunha, o pouco de água que resta em meu corpo escorre de minha testa em forma de suor.

Tenho a sensação de que estou sendo observado. Da torre da igreja, na parte central da cidade, vejo um reflexo oscilando por trás do campanário, local perfeito para um atirador com uma Winchester 22. Mas não parece haver ninguém por aqui, talvez seja um pedaço de espelho, um seixo de areia brilhando contra o sol.

Minha sede é maior do que meu medo. Procuro um poço, algum sinal de água, uma geladeira; melhor seria se encontrasse uma máquina de Coca-Cola. Um dia ouvi do Presidente da Associação dos Fabricantes de Bebidas Alcoólicas: "Não existiria imprensa livre se não fossem os anunciantes de cerveja". Imprensa livre. Conta outra. "Quem quiser ter opinião, que compre um jornal", já dizia o Tio Patinhas da Notícia, o fundador dos Diários Associados. Os jornalistas não passam de publicitários da notícia, são pagos pra escrever ou falar o que convém ao patrão-anunciante.

Os figurões do marketing banalizaram a propaganda. No jogo das cotas publicitárias valia de tudo: contratos de fachada e corrupção de políticos; contratamos artistas de televisão, jogadores de futebol, cantores sertanejos, pagodeiros, gente louca pra se dar bem, dançando, rebolando e ministrando aulas para os adolescentes de como encher a cara desde os doze anos de idade. Apelamos para o clichê. Fizemos o "Beleza Brasileira", comercial de televisão no qual o maior tribufu vai se transformando na mais gostosa mulher à medida que o consumidor bebe mais cerveja. Por causa desse comercial, fomos alvos de protestos de grupos feministas, levamos duas multas pesadas do Ministério da Justiça.

Até que os magos da Agência de Prata tiveram a ideia infeliz de lançar esse rali no deserto, patrocinado por uma marca de cerveja vagabunda.

Era tudo ou nada. Veio a famigerada lei seca e o governo federal proibiu os motoristas de dirigirem alcoolizados. No início não acreditamos, achamos que era cascata do Legislativo. Daí, até o veto da propaganda de cerveja na TV, foi como um pequeno trago para um alcoólatra. Sem o contrato das cervejarias, em breve a nossa agência veria o fundo do poço. Quebramos a cara, o poço havia secado.

Se o consumidor não pode fazer o que lhe der na telha, inclusive pegar o carro e sair dirigindo alcoolizado sem ter que dar satisfações ao guarda da esquina, qual o sentido de encher a caveira de cerveja e ainda ter que passar pelo vexame de ser multado, ir em cana ou perder a carteira?

Meu forte eram os comerciais de cerveja. Fiz cursos na Alemanha. Ganhei dois Ursos de Prata. Meu diploma pregado na parede do escritório não vale um copo de água no deserto. Havia competição acirrada entre nós, sentimentos de inveja afetiva contra o colega que conseguia criar a melhor ilusão na mente do consumidor — aumentando as vendas do produto sem ter que apelar para a canastrice barata de ocultar a mentira. Consumidor paga para ser enganado.

Estou com uma sede de mil camelos. Sede me lembra cerveja. Cerveja lembra mulher. Mulher remete a dinheiro, carrões e mais dinheiro. De que vale a grana para um homem perdido no deserto? O lugar ideal para se tomar a mais gelada cerveja. Onde tem cerveja, haverá mulher. Mas no deserto não se vê viva alma em um raio de duzentos quilômetros. Até que aparece um camelo, com dois alforjes carregados de latinhas de cerveja! Um comercial de cerveja sem mulher, por que não pensamos nisso antes?

Oitenta por cento do faturamento da agência vinha da publicidade de duas marcas de cerveja. Fizemos congressos, promovemos shows, corrompemos e aliciamos políticos, pagamos propina para a polícia, bancamos seminários nos melhores hotéis para que advogados, juízes, desembargadores e ministros discutissem o direito de o cidadão ir, vir e dirigir embriagado. De nada adiantou. A lei pegou. Mas o golpe fatal veio com a proibição da propaganda de cerveja na televisão.

Ao passar ao lado de uma casa velha, na cidade abandonada, ouço um barulho de latas batendo. Agora, tenho certeza de que não é alucinação. Esta cidade não é uma miragem, e parece que alguém, do alto da torre da igreja, transmite sinais em código Morse com um espelho. Um leve risco de esperança se desenha em meus lábios ressecados. Quem sabe não é outro competidor perdido? Com a visão turva, delirando de sede, ainda sou capaz de vislumbrar o perfeito idiota em que me transformei, desde o dia em que entrei para a Agência. Como fui parar nessa roubada?

Foi então que tornei a escutar sons, uma porta batendo, um trovão, uma batida de tambor; eu não tinha certeza, mas pra mim o estrondo soou como um tiro, disparado para o alto. Poderia ter sido um tiro de advertência, mas resolvi não ficar parado. Sem pensar duas vezes, reuni forças; corri feito um coelho assustado e entrei no primeiro abrigo que encontrei, onde balançava uma placa de madeira, corroída pelo vento árido.

No letreiro estava escrito: BAR DA SAIDEIRA.

Ipatinga, 27 de julho de 2008.

JOVENS MÚMIAS

Capa da Revista Cochicho, setembro de 2048:

"Ana Maria Pregas, com tudo em cima aos 103."
A foto foi tirada em frente à praia de Ipanema. Montada em dois seios
que nunca foram seus, sorriso de bisturi, Pregas traz a tiracolo um
garotão sarado de vinte e oito.

Brasil: um país de idosos. Em fins da década de 1960, o Brasil tinha 70 milhões de habitantes, cerca de 35 milhões dos quais eram jovens, na faixa de 15 a 24 anos. Em 2050, o Brasil baterá a marca dos 220 milhões de bípedes, sendo que 50 milhões deles terão mais de 65 anos, com metade da população adulta na casa dos quarenta anos de idade.

Em meados dos anos 1970, Nelson Rodrigues escrevia uma coluna diária no jornal *O Globo*, falando de tudo e de todos, gozando a cara da direita e da esquerda. Para não ser confundido com "o jovem", o Anjo Pornográfico batia no peito e gritava:

— Eu sou uma múmia do tempo da escarradeira na sala.

Mas, afinal, quem era o jovem da década de 1960? E por que a nossa flor de obsessão detestava tanto o culto ao "jovem"?

Para Nelson, o jovem não existia; o jovem era um rosto na multidão, um pulha capaz de atirar a filha de oito anos pela janela do apartamento. O jovem tinha sido inventado pelos padres de passeata; comunista de fachada, o jovem sonhava com a Revolução entornando baldes de chope no Antonio's.

Discordâncias ideológicas à parte, ao menos nos idos de 1960/70 a música que fazia a cabeça da juventude era bem melhor do que as que tocam nas rádios de hoje.

Em algumas de suas crônicas, Nelson Rodrigues retratou com espantosa atualidade o que seria a Ditadura Jovem. As campanhas publicitárias estão aí, para confirmar a tese do Anjo Pornográfico.

Os jovens não sabem de nada, tá ligado? Mas quem domina o Mercado de Consumo? Para quem são lançadas as novas tecnologias de comunicação? As drogas mais pesadas? As baladas mais quentes? As calças de bunda baixa? Quem passa mais tempo na internet? Quem manda e desmanda nos país, nos professores e até nos meteorologistas? Para quem são compostas e cantadas, até arrebentar o nosso saco, graças ao jabá que abastece as emissoras de rádio e televisão, as piores músicas da atualidade?

Em certo trecho do livro *O óbvio ululante*, na crônica "O jovem monstro", Nelson Rodrigues profetizou:

"Sim, todo mundo quer ser 'jovem'. Não importam os méritos, os feitos, as virtudes, os pecados de ninguém. Só importa ser ou não ser jovem. E os que, por indesculpável azar, envelheceram, procuram uma espécie de rejuvenescimento no convívio das Novas Gerações."

As múmias se divertem. Até meados do século vinte, as múmias eram reconhecidas pela aparência externa: pele seca e quebradiça, unhas grossas, nariz grande, orelhas cabeludas, olhos embaciados, cabelo ralo e seco, cicatrizes, rugas, bandagens, bengalas. Ah, e o cheiro inconfundível de formol e naftalina.

Agora, a coisa ficou complicada, não se sabe mais quem é jovem ou quem é velho. Os garotões da Terceira Idade curtem as mesmas músicas, vestem as mesmas roupas dos adolescentes. Os velhinhos não se dão ao respeito, azaram as meninas novas e gostosinhas, adoram Shopping Centers, frequentam baladas e até falam a mesma língua da garotada. Mas isso não é pra qualquer um. Custa uma fortuna manter-se jovem: é muita plástica, reposição hormonal, Botox, silicone. E para dormir, em lugar de formol, as múmias do Século XXI usam duas gotinhas de Chanel Número 5.

Velho babão, velhaco, velha fútil, velha safada! E sobre os velhos de hoje, o que teria a nos dizer o impagável Nelson Rodrigues? O mesmo que disse para os jovens na década de 1960:

"Ou o sujeito prova que tem mais de sessenta e cinco anos ou não entra em minha casa. Por que deveríamos acreditar em uma certidão de nascimento? Só por que o documento foi emitido no século passado?"

Se estivesse vivo, o Anjo Pornográfico na certa escreveria uma crônica sobre essa mania tola que tem levado as pessoas a esconder por debaixo da pele a verdadeira identidade, querendo ser jovens para sempre. Nelson não entenderia patavina ao ver meninos e meninas, de oito aos vinte anos, tratando-se mutuamente por *veio*. É *veio* pra cá, *veio* pra lá.

Perigo. O cenário do jogo demográfico está mudando. Breve, na cidade onde você mora, os mais velhos é que vão dar as cartas, e as mulheres serão maioria entre a população da Terceira Idade. Em 2050, segundo o Instituto Brasileiro de Geografia e Estatística, para cada grupo de 100 brasileiras com mais de 80 anos haverá 61 velhinhos do sexo masculino na mesma faixa etária: muitos machos idosos vão ficar na mão, literalmente.

Na segunda década do Século XXI, enquanto os garotões morrem feito moscas, a galera da terceira Idade vive muito mais, e cada vez melhor.

Em descarada concorrência desleal com os mais jovens, a patota da Terceira Idade enfrenta qualquer parada. Depois dos sessenta, os velhinhos aprendem nova profissão, ajudando a reduzir o Custo Brasil. Os patrões dão preferência a eles, já que vovôs e vovós não são obrigados a recolher o INSS, não exigem vale-transporte, aceitam trabalhar sem carteira assinada e não esquentam a cabeça ao receber no final do mês um salário mínimo.

Os idosos fazem qualquer coisa pra não envelhecer. Eu disse *qualquer coisa*. Sem medo de passar vexame, os ativos idosos voltam aos bancos de escola, frequentam seminários, leem pra caramba, navegam na internet, qualificam-se, roubando assim o primeiro emprego dos garotões bobos de vinte anos. Com grana no bolso, tendo em vista a renda salarial em dobro (um salário da Previdência, outro ganho na iniciativa privada), e experiência afetiva na bagagem, adquirida em anos de estrada, os velhinhos roubam também as namoradas dos pirralhos.

Somos tão velhos, não temos tempo a perder. Não lhes peçam paciência. Depois de aposentados, os idosos da Terceira Hora não conseguem ficar sentados nos bancos de praça, esperando a morte chegar.

A galera da Terceira Idade é muito prestativa, sempre disposta a melhorar o mundo. Também, pudera, os velhinhos gozam de uma série de benefícios: transporte gratuito nos ônibus municipais, passagens de graça em viagens interestaduais, atendimento preferencial, Caixa Exclusivo nos bancos, vagas privativas em estacionamentos públicos, vacinação periódica, academias e professores de ginástica bancados pela Prefeitura.

Preocupados com a aparência, os jovens da Terceira Idade experimentam de tudo: nadam, voam de balão, pulam de paraquedas, andam de skate, saltam de asa-delta, pedalam, engraxam sapatos, carregam compras, brincam de pique esconde com os netinhos, ufa! E de noite os velhinhos ainda transam!

A onda da moda é não envelhecer, de preferência não morrer, ficar por aí esquentando o planeta, respirando oxigênio poluído. Quem desperdiçaria a chance de um dia ser entrevistado pelo Globo Repórter como o velhinho mais sarado do planeta?

Mas, para manter-se jovem depois dos sessenta é preciso pagar a conta. O homem maduro, quando tropeça, cai e quebra logo a bacia, ou fica paralítico, sendo obrigado a gastar os tubos com medicamentos. Perder a mobilidade é uma tragédia. Morrer não faz parte do Plano de Saúde do pessoal da Terceira Idade. As jovens múmias só desejam a felicidade. Haja Viagra! Querem gozar a vida e tem que ser agora! Já!

Onde os velhos perderam a memória? Não importa a sua experiência, se você foi astronauta, engolidor de espadas, se surfou ondas gigantes na Austrália, ou se lutou contra a Ditadura Militar nas selvas do Araguaia. Ninguém quer perder tempo escutando histórias do Século XX: está tudo na internet.

No encalço da senilidade, o perigo é o Mal de Alzheimer. Quanto "mais pra frente" a galera da Terceira Idade, mais os idosos se esquecem do passado. Diz o Doutor Dráuzio Varela:

"Daqui a alguns anos teremos velhas de seios grandes e velhos de pinto duro, mas que não se lembrarão para que servem."

Mas se você, jovem múmia cheia da grana, por força do destino vier a falecer antes de atingir a marca de 140 anos, ainda existe a possibilidade de congelar o próprio cadáver. Tem uma empresa americana especializada neste tipo de serviço. E, quando descobrirem a cura de sua morte, quem sabe daqui a cem anos, seu corpo jovem e conservado estará preparado para a ressurreição, e você poderá até ser contratada para integrar o elenco de "Thriller", com Michael Jackson cantando e dançando (ao) vivo!

Ipatinga, 31 de outubro de 2009.

No caminho das Bigas

(UMA CRÔNICA ESCRITA NA LÍNGUA DOS FANHOS)

Prezado leitor, você já percorreu o caminho das Bigas? Bigas é a terra dos fanhos, cidade onde a letra Pê tem duas barrigas. Gostou dessa, prezado?

Pra facilitar a leitura desta crônica na língua internacional dos fanhos, onde estiver escrito Bê ou Tê recomenda-se a pronúncia nasalada da letra Pê, e no lugar da letra "C", leia-se "G". Os não iniciados que quiserem praticar, lendo o texto em voz alta, não se avexem: basta colocar um pregador de roupas no nariz, respirar pela boca, flexionar os joelhos e levantar as mãozinhas espalmadas na altura do peito. Preparados? Podemos começar? Então, vamos lá!

Se todos os caminhos te levam a Roma, somente um — unzinho que você fumar, uma pedra no meio do caminho, agulha contaminada, aposta furada no Mercado Futuro, assinatura em contrato escrito com letras miúdas, casca de banana ou uma partida de farinha estragada — poderá levá-lo, com seu nariz empinado, direto para o Reino Encantado de Bigas.

Bigas é um lugar imaginário, núcleo de nossa força anímica. É preciso ser *mucho loco* para embarcar nessa aventura. Conto com a participação intelectual do leitor: não posso ficar recitando nomes, datas e lugares, sob pena de ser processado. Relaxe a mente e o corpo, desafivele os cintos de segurança e solte a imaginação!

Em Bigas, as leis da mecânica clássica não funcionam. O universo de Bigas é governado por uma física completamente nova, ciência regida pelas leis do desejo ilimitado e da conveniência oportunista. O caminho para Bigas fica na direção, deixa eu ver como é que lhe explico, mais ou menos como ensinou o Coelho Louco para Alice no País das Maravilhas: "se você não sabe pra onde está indo, qualquer caminho serve".

Reparou que o clima está mais quente, seco, com baixa umidade do ar? As florestas secaram... Será que vai chover?

Bigas atende por vários nomes. Não existiria, não fossem as conexões virtuais, a internet banda larga, os aparelhos celulares de última geração e a TV, esse tubo fantástico de imagens coloridas. Exemplo de publicidade que o colocará no caminho da longa e sinuosa estrada para Bigas: "Quer ficar rico? Invista em Bigas."

O universo de Cuícas conspira a seu favor. Por que você não compra um carro novo? Que tal trocar sua esposa de cinquenta e oito por duas gatinhas de vinte e cinco aninhos? Ou você, talvez, prefira uma casa na praia? Acredite! Você pode muito mais! É fácil, basta tentar. Comece pensando pequeno: pense em uma rosquinha, por exemplo. Imagine a mais perfeita rosquinha. Durante um mês, deseje a mais deliciosa rosquinha, acompanhada de uma boa xícara de café bem quente. Sinta o sabor. Repita o exercício durante sete noites, e, numa bela manhã, seu desejo terá se tornado realidade. É surpreendente a capacidade que nossa mente tem de acreditar em bobagens. O pior é que a coisa funciona! Já dizia Schopenhauer: *o que move o Mundo é a Força da Vontade.*

Não aceite imitações. Aumente o número de seu tênis! Use Abidas!

Deixando a profundidade de lado: agora que lhes revelei o segredo da felicidade, vocês vão querer ficar colados em Bigas noite e dia. Não é fácil ver-se livre do engodo gerado pela publicidade consumista.

Está na última moda confundir desejo com realidade. É uma competição desleal, a luta travada todos os dias por um simples mortal contra as forças subliminares do Mercado. Basta um vacilo e os estrategistas do marketing se infiltram nos escaninhos de seus anseios mais íntimos. Bingo! Você foi tocado pelo cetro do Rei Midas.

"Emagreça para sempre: use Bigas!"

Todo mundo algum dia já foi, já esteve, já ouviu falar, ou conhece algum vizinho, parente ou amigo que escalou os cumes escorregadios de Bigas. Tem gente que se acostuma. Outros guardam segredo. Alguns mandam lembranças. Bigas: saudades da esposa e filhas, Ricardão manda notícias.

Coisas que se atraem. Música sertaneja e chifre, cerveja e barriga, mamilos e boca, mão e nádegas, agiota e otário, aposentado da Previdência e crédito consignado.

Vou ser mais específico: lembra-se do dia em que você pegou um financiamento no Banco Amigo? Ao entrar "na roubada", nos primeiros quinze minutos da assinatura do contrato, você curtiu Bigas. Por onde andará Angélica, a gata que lhe xavecou no pé do ouvido um "eu te amo", atraída pela parte mais sexy do seu corpo? Águas passadas. Hoje você está barrigudo, seu esporte predileto é o levantamento de copos de cerveja em frente à televisão. Obra de Bigas. Bigas é o cara. Bigas é o que rola na vida!

Cartões de crédito, cheque especial, pastores da Igreja da Prosperidade, guias turísticos, o mais novo sistema de computador, silicone, cirurgia plástica e centenas de garotas seminuas te convidando para a gandaia. Hipnose. Condicionamento. Padronização. Esquecimento, confusão mental, horas e horas de palestras, reuniões, PowerPoint, pregações dos especialistas: são ratos que devoram nossos miolos, drogas que desligam o interruptor de alerta que nos desviava dos perigos dessa vida desde os tempos das cavernas: *Cuidado! Você está entrando em Bigas!*

A humanidade demorou 150 mil anos para atingir o primeiro bilhão de habitantes, o que ocorreu no ano de 1800, no auge da Revolução Industrial. De lá pra cá, até o estuporar dos homens-bomba no início do século XXI, a Terra alcançou a marca de sete bilhões de habitantes, todos lutando por carros japoneses, mulheres peitudas, comida rápida e moradias espaçosas, tendo por modelo o cidadão dos Estados Unidos.

"Crédito fácil? Banco Bigas: aqui você nem sente que está sendo currado!"

Evoluímos, ficamos mais altos, fortes, bonitos e inteligentes. Aumentamos o consumo de proteínas. Nestes 200 anos, engordamos a fatura demográfica em mais seis bilhões. Estupramos a natureza, rasgamos a biosfera; arrancamos das entranhas da Terra o carvão, o petróleo e o minério, e forjamos porrilhões de toneladas de aço para fabricar carros, trens, navios, aviões e espigões, emporcalhando a atmosfera; ficamos mais arrogantes, inventamos a bomba atômica, o fio dental, a massa de tomate com sardinha e a maminha de silicone, e ainda assim continuamos a pensar em sexo. Sexo vinte e quatro horas por dia!

Quando não estamos trepando, praticando o bom e velho sexo animal, devoramos uns aos outros em pensamento.

No tempo das cavernas, na luta pela preservação da espécie, o que contava era a quantidade de carne que o macho conseguia oferecer à fêmea, incluindo a linguiça; hoje, mais vale a grana. Escravizados pelo dinheiro, estamos sufocando o homem primitivo que habita dentro de nós, mas nem sempre as coisas funcionam como manda a propaganda. A massificação das mídias, a mesma batida de lata vinte e quatro horas na mente do consumidor está fazendo com que o feitiço se volte contra o emissor. Com esta, Goebells não contava.

Bigas: fazemos qualquer negócio, até beijamos na boca. Esta é um dos comerciais prediletos de Bigas, e você está lendo desta forma por que sou seu amigo, ninguém está nos ouvindo. Mas não é assim que a publicidade lhe será apresentada neste mundo cão. Preste mais atenção ao que rola nos bastidores da propaganda política, nos anúncios da TV. Religue o identificador de Bigas existente em nosso sistema límbico, desde o aparecimento do homem. Porque depois de pegar a estrada para Bigas, prezado leitor, será impossível retroceder. Não foi por falta de aviso. Faz uma linda manhã, você ainda tem cabelos na cabeça, não usa óculos estilo 1950, toca berimbau e não nasceu na Bahia. Você nunca se sentiu tão bem: como se pilotasse uma Ferrari Maserati. Sem saber que está sendo filmado, você, sorri o seu sorriso Colgate de quarenta e quatro dentes, sem nenhuma cárie. E no banco do carona, a loura gostosa, especialista na posição sexual da "folhinha verde": Bigas é assim, meu chapa, te agarra pelas bolas e te coloca no meio da torcida adversária.

Você entrou em Bigas. Aproveite nossas delícias, que amanhã pode ser ilegal! Até aqui, tudo bem. Seja bem-vindo, diz a placa na entrada da cidade. Depois de entrar de cabeça, a única forma de sair de Bigas será entregando-se de corpo inteiro.

Reparando bem, enquanto você circula pela rua principal: Bigas não tem nada a ver com a "cidadezinha besta" dos versos de Drummond, muito menos com a "Pasárgada" de Bandeira. Dormir na cama do Rei? Esqueça. E nada de ficar olhando o vento balançar as folhas de bananeira. Em Bigas não existe monotonia. Lá, você não se cansa, mas também não descansa. Bigas é a Terra da Fartura: quanto mais você retira dela, mais ela repõe, com juros e correção!

Em Bigas, tudo o que já passou poderá vir a ser outra vez e tornar a se passar, de uma forma que você jamais imaginou antes de a onda se quebrar na areia.

Em Bigas, você pode se banhar no mesmo rio um porrilhão de vezes, sem jamais ter que renovar a água da bacia, sem a obrigação de usar sunga e com a sensação de que dia após dia está ficando mais rico, jovem, belo e gostoso.

Maravilha! Juventude! Tudo de bom! Eis o Ministério de Bigas: se você desconhece as suas possibilidades, nada lhe parece impossível! Em Bigas, o seu cartão de crédito não tem limite, e os gerentes de bancos estão sempre de braços abertos pra você, como o Cristo Redentor.

Você gosta de mulher? E por que não?! Em Bigas, basta estalar os dedos que a gostosa da Brahma cairá de quatro a seus pés.

Em Bigas, como dizia Renato Russo, o que é demais nunca é o bastante. Esse é o nosso mundo, nele você nunca será condenado por cometer excessos. Quer mais? Mais de algo que você precisa, e mais daquilo que você poderia muito bem passar sem? Em Bigas, você pode transar a noite inteira sem usar preservativo, sem ter que se levantar da cama pra fazer higiene íntima; e pela manhã, às seis da matina, quando você abrir os olhos, sua amante estará acordada, perfumada, maquiada, sem remela nos olhos, vestindo um *baby doll* sexy, pronta, caso você deseje algo mais. Que tal um chouriço e uma pinga? Ou você prefere sorvete de baunilha?

Não há imaginação que dê conta de fantasiar todas as ciências, pegadinhas, sacanagens e armadilhas passíveis de acontecer em Bigas.

Dona desses animais, Bigas é um lugar contraditório. Quem está fora quer entrar, quem está dentro quer entrar cada vez mais!

Bigas é como o empréstimo consignado para os aposentados. No início é uma farra, até que um dia você se vê atolado em dívidas, pegando empréstimo num Banco para pagar o fiado em outro.

Fuga para frente. A tragédia anunciada é que quando você resolve fugir de Bigas, correndo feito um maluco com o conversível que "ganhou" na loteria do mercado de ações, de repente, assim, do nada, eis que surge na lateral da estrada uma placa gigante. Mas você não prestou atenção, passou chispando e não teve tempo de ler o que estava escrito. Você estava tão afoito, tão desesperado, com tanta pressa de escapar deste labirinto, que se esqueceu de um detalhe assustador: seu carro não tem freio, só acelerador! Meus deuses, onde é que eu estava com a cabeça!

Como eu sou um cara legal, vou ler a placa pra você, segundos antes de você se espatifar no abismo:

BIGAS FICOU PARA TRÁS, SEJA FELIZ E VOLTE SEMPRE!

Ipatinga, 01 de julho de 2009.

O CÃO CHUPANDO MANGA

Manhã de domingo, dia seguinte a uma noite chuvosa. Nada a fazer, a não ser o que lhe desse na telha.

Acordou tarde, a barriga roncando. A mulher o abandonara na sexta-feira, logo ela que cozinhava tão bem, a desgraçada, sem ao menos lhe deixar um resto de frango na geladeira.

O apartamento, uma bagunça. Não tinha empregada, nem diarista. Estava desempregado. Em verdade, nunca trabalhara e não tinha emprego em vista. Comia, bebia e fodia a custa do pai. O limite do cartão de crédito estourado, a carteira vazia, sequer uma folha de cheque pra soltar um papagaio na praça.

Deitado no sofá, olhos pregados na mancha de café no teto, Samuel bateu a cinza do cigarro no tapete, deu uma longa tragada, esperou a nicotina invadir o cérebro e depois expeliu a fumaça pelas narinas. "Só me resta abrir uma agência de detetives", pensou. Passaria os dias no escritório, com os pés na mesa, lendo livros policiais, até que batesse na porta da agência uma cliente gostosa, linda e rica, que o contrataria para descobrir quem lhe roubara os diamantes. Moleza. O culpado é sempre o mordomo. E a melhor parte seria a recompensa.

Sentado na poltrona de couro da mansão, o detetive Samuel de Carvalho saboreia um sorvete de chocolate. Calmo, depois de desvendar mais um crime, era assim que ele se sentia.

Caminhando pelo imenso salão de piso romano, o detetive dá uma boa lambida na cobertura de caramelo do sorvete de chocolate. Próximas à mesa, caídas de uma bandeja e espalhadas pelo tapete, dezenas de empadinhas ainda há pouco servidas pelo garçom, minutos antes de o filho da mãe ser assassinado com um balaço na testa. Duzentos milhões de dólares em diamantes e uma loura de parar o trânsito aos meus pés. O mundo podia voar pelos ares que qualquer homem se sentiria confiante.

Encostado na tampa do piano de calda, o detetive mastiga um biscoito wafer. Toque uma música do Jobim, gata, ele diz para a loura.

A mulher se levanta e vai até o centro da sala. Com as mãos nos quadris, pernas esguias se equilibrando em dois saltos agulha, ela caminha pelo salão a passos largos fazendo toc toc toc. Ao fim da passarela imaginária, a mulher linda de morrer volta-se para o detetive, mãos nos quadris, olhar firme, mirando o vazio. Move a mão direita, e sem tirar a esquerda do quadril, faz correr o zíper na parte traseira do vestido, e de repente a belezura está apenas de calcinha. E como ela não usasse sutiã, o movimento livre dos seios atraiu o olhar atento do detetive. A três passos de distância, olhos líquidos de cão, o detetive percorre o corpo da loura em busca de algum defeito, até que seus olhos estacionam no cânion do púbis, oculto por minúscula tirinha de pano.

Graciosa, com as pernas semiabertas, coluna ereta, ela se assenta no banquinho em frente ao piano.

Sem se importar com o homem que a devorava com os olhos, a voz rouca como a de Marisa Gata Mansa, a loura põe-se a dedilhar "Luiza".

> *Vem cá Luiza*
> *Me dá tua mão*
> *O teu desejo é sempre o meu desejo*
> *Vem, me exorciza*

Dá-me tua boca
E a rosa louca
Vem me dar um beijo
E um raio de sol
Nos teus cabelos
Como um brilhante que partindo a luz
Explode em sete cores
Revelando então os sete mil amores
Que eu guardei somente pra te dar Luiza
Luiza

Terminada a canção, a loura permanece sentada, dedos nas teclas do piano, enquanto o último acorde prolonga-se pela sala.

O detetive contempla a cena. Depois de alguns segundos, Samuel levanta-se da poltrona e abraça a fêmea pelas costas. E ela, ainda sentada no banquinho em frente ao piano, vira-se para o macho, olhos lânguidos, como um cãozinho pedindo mamadeira. Sem pestanejar, Samuel diz para a pianista a mais dura verdade:

— Você é uma artista, e toca maravilhosamente bem. Se você fosse feia, e tivesse o rosto cheio de espinhas, seria considerada a melhor pianista do século XXI.

Que pena. Como ninguém valoriza o talento musical da menina, ela é obrigada a ganhar a vida exibindo o corpo na televisão, participando de ridículos comerciais de cerveja.

Fazendo beicinho, a mulher se desvencilha dos braços do homem e se esparrama no sofá em decúbito ventral.

— Samuel! Venha!

Com o gelo do Alaska intacto nas veias, Samuel acende um cigarro John Player Special. Tragadas e fumaças, e ele continua parado no mesmo lugar. A mulher insiste, "Samuel, venha!". A belezura faz um movimento de pernas, girando cento e oitenta graus sem tirar o traseiro do sofá, fazendo dos pés uma pinça, (como ela fez isso sem tirar os sapatos?), a loura livra-se da calcinha e a lança em direção ao peito do detetive.

Samuel pensa rápido e captura a peça íntima no ar. Com a mão direita, leva a calcinha às narinas, aspira-lhe o perfume e se levanta.

Decidido, com movimentos rápidos, ele se desfaz da jaqueta de couro, da camiseta branca de malha, desafivela o cinto da calça e atira os sapatos e as meias a um canto da sala, anotando com sua visão privilegiada, enquanto caminha em direção à loura, que ela usava sapatos vermelhos.

A loura, seminua, exceto pelos saltos, deitada no sofá, o espera.

O detetive, vestindo apenas um jeans desbotado, o dorso nu de um Marlon Brando barrigudo, aprecia o corpo escultural da loura, de cima a baixo, e em seguida lhe estende a mão, como se a convidasse para a próxima dança.

— Você sabe cozinhar? — ele pergunta, logo que a loura se põe de pé.

— Ahn?!

Então, Samuel, sem a menor cerimônia, aplica-lhe duas chibatadas nas nádegas e ordena:

— Vai lá na cozinha e me prepara um rango.

E a loura sai, protegendo o traseiro, chacoalhando os saltos e emitindo gritinhos frenéticos.

Caso encerrado.

De volta ao mundo real do apartamento, ao lado do sofá meio litro de uísque, cacos de um copo quebrado e em cima da mesinha um copo inteiro, com o qual mamara a noite inteira o suave veneno do destilado. Samuel pensa na vida: "e se eu arranjasse um emprego e me vestisse igual um almofadinha, carregando uma maleta de executivo pra baixo e pra cima? Qual foi o último número da revista Tex que eu li, deitado na rede da varanda na casa de meus pais, comendo coxinha e tomando Coca-Diet, sem me preocupar com nada? (Mãe, traz mais gelo!)"

Ainda esparramado no sofá, Samuel move os olhos em direção ao ventre: estava barrigudo. A protuberância adiposa, acumulada na região ventral, o impedia de ver o próprio pau. Preciso cuidar da saúde. Parar de me masturbar.

A vida passava lá fora. Chovera bastante na noite anterior e ele acordara molhado — por dentro e por fora. Bebeu demais e acabou mijando na cama. Fazia tempo que isso não acontecia, doze anos. A última vez foi aos vinte e dois. Até que um dia criou coragem e enfrentou o medo de escuro, rasgou o pôster do Ultraman. Os pais estavam na Europa. Astride, aquela riponga maluca, o festival de rock, o primeiro cigarro, a primeira trepada. Céus! Eu tremia como uma cafeteira elétrica.

Levantou-se e foi ao banheiro. Mirou no meio do vaso sanitário, apreciando o zumbido do jato de urina furando a água. Enquanto urinava, fechou os olhos, viajou para longe: agora ele pilotava sua Harley Davidson em direção ao sítio do pai, o vento batendo nos cabelos. Abriu os olhos e deu a descarga. No corredor, tropeçou em um álbum de fotos, muitas fotos rasgadas, capas de CDs, discos destruídos, almofadas estripadas, o saxofone amassado faltando duas teclas, partituras, livros, revistas de mulher nua e roupas pelo chão: o rastro de destruição seguia do quarto até a sala.

No quarto do casal, sentado na cama, Samuel observa o guarda-roupa revirado. Nada faz sentido para ele. Fecha o guarda-roupa e se depara com sua imagem, refletida no espelho da porta. Parecia um fantasma gordo, o rosto enfumaçado, poucos cabelos desgrenhados, o olhar perdido.

Parado em frente à janela, ele olha para o lado de fora do apartamento. Com a boca colada no vidro, assopra na janela e sente o bafo amargo de álcool. Depois, limpa o vapor do beijo na vidraça com a mão direita, como fazia nos tempos de menino ao brincar com a prima. Da janela lateral, vê-se apenas um beco estreito que dá para a garagem. Nenhum carro estacionado. Era final de ano e os moradores estavam viajando.

De repente, Samuel percebe algo se movendo lá embaixo, na garagem. O que seria aquilo? Parecia um rato, dos grandes, esfregando algo nas mãos. Ou seria a cabeça de alguém deitado?

Ao girar a cabeça, sentiu tonteira, efeito do álcool. Precisava comer alguma coisa. Foi até a cozinha e abriu a geladeira:

encontrou dois ovos e um saco de batata-palha pela metade. Fritou os ovos com o resto de óleo da frigideira suja, depois jogou a batata-palha por cima, acrescentou farinha de mandioca, raspou o resto do vidro de maionese, misturou tudo com cinco biscoitos recheados que estavam dando sopa na mesinha da sala e comeu.

Hummm..., não é que ficou bom? Samuel lembrou-se do Leite Moça. Ele e a ex-mulher eram viciados em leite condensado, principalmente depois de darem uns tapas no capeta. Gozado, ela o abandonara há dois dias e ele já a considerava fora de sua vida. Vadia.

Abriu o armário e pegou a lata. Com a ponta da faca, fez dois furinhos: um pra entrar ar e outro pra vazar o líquido viscoso. Bebeu na própria lata, sugando o leite cremoso como um deputado suga as tetas do Erário. Foi até a sala e pegou a garrafa de uísque, ainda pela metade. Colocou uma boa dose no copo e misturou com o néctar da lata. Ficou bom. Talagada, talagada, talagada.

Pegou o último cigarro de um maço que dizia: "fumar causa impotência". Ele fumava e bebia, não corria nem caminhava. Comia doce com muito açúcar, café com cafeína, carne com capa de gordura, bebida com álcool, cigarro com nicotina, e o Ministério da Vida Sedentária o advertia: dessa vida, ninguém escapa vivo.

Já estava na segunda dose de uísque quando viu pela janela da sala uma coisa cabeluda andando lá embaixo. Abriu a janela e olhou para baixo, mas o bicho já havia saído do ângulo de visão, escondendo-se atrás de uma pilastra.

— Que porra é aquela na garagem? Vou lá ver — resolveu.

Esqueceu que estava apenas de cueca e desceu as escadas, a porta do apartamento aberta, com o copo de uísque na mão esquerda e o cigarro na direita, puxando tragos apressados. Com o prédio às moscas, Samuel passou pelo porteiro que folheava uma revista de mulher pelada, balançou o resto de gelo no copo e desejou feliz ano novo. O vigilante acenou com a cabeça, escondendo a revista debaixo de um jornal:

— Para o Sr. também — respondeu, assustado.

Na visão do funcionário da portaria, o sujeito que descia as escadas não batia bem da cachuleta: "No apartamento, comprado há dois anos pelo Dr. Carvalho, pai de Samuelzinho — é assim que nós o chamamos —, o maluco faz festas de arromba. Dizem que Samuelzinho mexe com drogas, eu mesmo nunca vi, só sei que no apartamento dele era um entra e sai de gente. O filho do Dr. Carvalho quase sempre arranja confusão para o pai. A última que ele aprontou foi no primeiro domingo do ano novo. Eu estava sozinho na portaria, nesse dia Samuelzinho desceu as escadas quase pelado. Não chamei a atenção dele. Não precisava, o prédio estava vazio. Percebi que o morador do 302 estava chapado. Ele passou por mim e desceu o vão que dá acesso à garagem. Na garagem, Samuel se escondeu atrás de uma pilastra e foi caminhando devagarinho, como se estivesse preparando pra dar um susto em alguém. Por prevenção, o segui, sem que ele percebesse. O que será que esse maluco vai fazer? — eu me perguntava."

Quando ele chegou à garagem, o bicho ainda estava lá.

Alguém havia esquecido uma sacola de supermercado, cheia de mangas, em uma das vagas de garagem. Eram mangas maduras, algumas caídas pra fora da sacola, amassadas pelas rodas dos carros, e restos de caroços cuspidos no chão. Faminto, o animal mastigava, com o focinho dentro da sacola de mangas, balançando o rabo, satisfeito. Da boca do bicho escorria uma baba alaranjada. Samuel chegou perto do cão e gritou:

— Hei, hei, cachorro otário! — O bicho o encarou, olhos injetados. O vigia sacou o revólver:

— Cuidado, Sr. Samuel, esse cachorro pode ser perigoso.

O animal avançou, mostrando os dentes, latindo, rosnando e babando. Samuel latiu também, bateu os pés descalços no chão, imitando o rosnado do cão. Rindo feito um maluco, ele lançou o copo de uísque na besta. De repente o cão deixou as mangas de lado e pulou, jogando Samuel no chão.

O vigilante deu um pulo para frente, chegou mais perto do animal e atirou para o alto, gritando:

— Sai, pra lá coisa ruim. — O bicho, assustado, fugiu, passou pelas grades do portão da garagem, deixando resíduos de baba amarela no peito de Samuel.

Auxiliado pelo vigia, Samuel se levantou, proferindo palavrões na língua enrolada dos bêbados. Depois, sem se importar com o sangue que escorria de sua mão direita, ele pegou a sacola de supermercado e recolheu as frutas, comentando:

— Quase que o filho da puta me mordeu. Aí, valeu, meu chapa! Com estas mangas vou fazer uma batida de Vodka pra curar a ressaca do final de ano.

Ipatinga, 08 de janeiro de 2007.

O FISCAL DA CUECA FURADA

H aja crise para conter o apetite voraz dos governos por mais dinheiro.

Tem gente que pensa que arrecadar tributos é fichinha. Para muitos ingênuos, basta girar a manivela e fazer uma lei pra criar novos tributos. No que diz respeito ao ofício de fiscalizar, não imaginam os pacatos cidadãos como é difícil, em nome da Lei e da Ordem Tributária, meter a caneta no bolso do contribuinte.

Aos que sempre tiveram curiosidade em saber como são feitas as previsões de arrecadação, o cálculo de metas e superávit primário, qual é a mágica que o governo faz pra garantir o champanhe e o caviar dos banqueiros, peço paciência: hoje vou lhes dar uma canja.

Nesta crônica lhes revelarei as mandingas que um fiscal da Receita Estadual vê-se obrigado a fazer para defender o Erário, de forma que a arrecadação permaneça sempre na estratosfera — sob pena de cair abruptamente, como aconteceu com aquele padre que embestou de quebrar o recorde mundial de balonismo amador submetendo-se ao vai-e-vem caótico das forças eólicas, com o corpo amarrado a centenas de balões de festa. No fato em questão, qual seja, a assunção do santo padre, o sacerdote entrou

na aventura completamente alheio às nuvens plúmbeas que pre-
nunciavam uma baita tempestade. Que azar! Aquele que seria *o
primeiro padre brasileiro a ir direto para o Céu*, sem interferência
da Santa Sé; acabou errando o caminho e despencou das nuvens,
não por falta de Fé, mas por lamentável falta de preparo: o clérigo
era um analfabeto tecnológico, não sabia operar o GPS e o celular
do pobre estava com a bateria descarregada. Inútil tentar chamar
os bombeiros.

Pois bem. Para aumentar a arrecadação, além de plane-
jamento é preciso contar com a sorte e abusar da criatividade
alheia. E pra chamar a sorte e estimular a criatividade da equipe,
uma vez por mês, no dia da reunião de alinhamento estratégico,
ocorre a apresentação revigorante do Coral da CEF com sua dança totêmica.

Ao som de batuques, atabaques e agogôs, tendo ao centro
um corpo de dançarinas haitianas, entra o Coral da Caixa Econômica de Fazenda: Pé de pato mangalô, pé de pato mangalô, pé de
pato mangalô (Observação: se não cantar três vezes a mandinga
não funciona!).

Desde a criação da Diretoria KI-SUCO pela Superintendência Central de Sucos, os Auditores Fiscais são submetidos pe-
riodicamente ao exame de DNA, pra saber quanto vão receber de
gratificação salarial ao fim de cada mês.

Desde que foram instalados pela KI-SUCO os novos pro-
cedimentos de avaliação funcional, o Auditor passou a ser com-
putado como força de trabalho específica; em jargão técnico, é
o que se chama de FD (lê-se efedê). Explico. Digamos que um
fiscal atue em dois projetos diferentes, por exemplo, com quarenta empresas. Para estabelecer a carga de trabalho diária que
o Auditor deverá suportar, a SPC alimentou um programa ma-
temático de última geração com todas as atividades possíveis. O
cálculo se complica quando o funcionário trabalha por demanda,
devido ao elevado grau de variância das tarefas. Se a estação indi-
vidual de trabalho do funcionário estiver na trajetória de Saturno
com ascensão em Sagitário, por exemplo, os técnicos reprogra-

mam os computadores de acordo com as premissas estabelecidas pela Teoria das Cordas — segundo a qual o fiscal pula de acordo com a música. Existem projetos de fiscalização que contam com $\sqrt{(\frac{1}{2}fd)}/2$ (raiz quadrada de meio efedê dividida por dois). Aposto que você é um FD e não se deu conta, mas calma, isso tem cura. Tem fiscal do Projeto A, Projeto B e Projeto Cê.

Pois bem. Fazia um sol de matar cavalos. Estava tão quente que as andorinhas tomavam refrigerante de canudinho: o causo que vou lhes contar aconteceu em uma cidade produtora de aço e de muito calor, devoradora de árvores pra fazer carvão, deixando pouca sombra pra refrescar as almas dos incréus, porque este mundo vai acabar mesmo é em fogo.

Eram duas da tarde. Dois servidores do Fisco se cruzaram na porta da Delegacia Fiscal. Para preservar o sigilo da fonte e não revelar a identidade secreta dos servidores — Fiscal da Calça Listrada e Fiscal da Cueca Furada —, doravante eles poderão ser chamados pelas siglas FCL e FCF.

— E aí, Furada, tudo beleza? Que bom te encontrar, meu velho! Tô precisando de uma força pra fazer um serviço extra.

— Diga lá, meu nobre colega da Calça Listrada.

— Nada demais. Tem um contribuinte que não dá pelota para o meu projeto; eu telefono e ele manda dizer que não está; eu mando intimação e ele não responde; o sujeito não entrega os arquivos eletrônicos, não preenche os documentos obrigatórios e não me chama de Doutor. Afinal, nós somos Carreira Típica de Estado ou titica na beira da estrada? Diga aí, meu caro colega da Cueca Furada!

— Carreira Típica, Listrada, nós somos Carreira Típica de Estado, é claro!

— É o que sempre digo! A gente merece respeito! Dei uma passada lá, na moita, e vi que o sujeito tem equipamentos de informática na boca do Caixa. A maquininha comendo solta, cuspindo a fitinha, faturando, e o recolhimento de impostos da loja é aquela merreca! Procurei a autorização da empresa pra emitir cupom fiscal e não encontrei. Tava pensando em fazer uma apreensão, depois a gente convida o sonegador pra tomar um suco de capim amargoso na repartição.

— Beleza. Podemos agendar pra amanhã? A gente senta e planeja tudo, agora não dá, estou apertado de costura, tem um contribuinte me aguardando pra fazer uma denúncia espontânea de um milhão.

— Tudo bem, então fica pra amanhã.

No dia, hora e local aprazados, depois de uma repassada nos planos, partiram os dois bravos agentes, montados no Abóbora Móvel (forma carinhosa de chamar o veículo oficial). Com o giroflex da viatura oficial piscando, discretamente, desceram a Avenida Getúlio Vargas como se fosse uma boate *gay* em dia de parada.

Deixando de lado os prolegômenos e indo direto aos entretantos: deu tudo certo. A operação foi um sucesso e coisa e tal, digna de sair no Boletim da Superintendência de Fiscalização, a não ser por um detalhe: o Fiscal da Cueca Furada não podia estar ali, dando cobertura ao agente da Calça Listrada; Furada deveria estar em outro lugar, fazendo outro serviço, pois pertencia a outro projeto, diverso daquele que estava alocado ao colega da Calça Listrada.

A Segunda Lei de Murphy não falha. De modos que o da Cueca Furada não poderia "abandonar" o Projeto a ele destinado para dar apoio ao colega de labuta tributária, a não ser com autorização do Papa, devidamente rubricada por dois maçons. A participação do Agente do Fisco em evento incerto e imprevisto somente se justificaria se estivesse previsto no Acordo de Trabalho, que deveria ser devidamente registrado pelo Coordenador no Sistema com um mês de antecedência.

Deu que o Subchefe, precisando de alguma coisa naquele mesmo dia e hora (sei lá o quê), em relação ao Projeto Cê, procurou o FD da Cueca Furada e não o encontrou na repartição fazendária. Mas pelo corredor, o Chefe ficou sabendo que o FD, o tal da Cueca Furada, havia saído em diligência com o FCL sem anuência da Gerência, em desconforme com os ditames da Programação Fiscal. Não deu outra. Quando o FCF chegou à repartição, o Coordenador passou-lhe aquele sabão.

Mas ainda bem que o mundo dá voltas, meus camaradas. De sorte que, em um dia como outro qualquer, eis que o Subchefe da Coordenação recebe uma denúncia anônima, e passa o petisco pra quem? Para o infeliz da Cueca Furada, vulgo FCF.

Tratava-se de um caso de falta de ECF, pepino que vem a ser, para os leigos, o nome daquela maquininha que emite um papelzinho chamado Cupom Fiscal — documento que serve como comprovante de recolhimento dos tributos devidos ao Erário Estadual. O Fiscal da Cueca Furada não se fez de rogado. Por nada neste mundo ele perderia a oportunidade. Dito e feito. O FCF não deixou por menos e falou assim pro Coordenador da Receita:

— Mas você não me disse que eu não posso sair do meu projeto? Por nada neste mundo! Pra atender uma denúncia anônima, então, PODE?

(Por motivos de espaço, a resposta do Coordenador de Fiscalização foi censurada).

Deixa estar, como já diziam Lennon & McCartney. Depois disso, mesmo que o STF tenha abominado a prática do denuncismo anônimo na administração pública, sempre que o FCL precisava do apoio de algum colega se utilizava do seguinte expediente: dava uma escapulida da repartição, e, do orelhão, disfarçando a voz com a gola da camisa, ligava para a Delegacia da Receita e fazia uma denúncia anônima, direto para o telefone do Subchefe. Denúncia anotada, diligência providenciada. E o Fiscal da Calça Listrada, anonimamente, fazia questão de exigir:

— E, por favor, me envie aquele fiscal, o tal da Cueca Furada! É dele que eu gosto!

Pena que o papel na tela do computador esteja acabando, senão eu lhes contava acerca da vez em que os dois bravos defensores do Erário, em plena sexta-feira, por volta das quinze horas, foram convocados pelo Coordenador para atender outra denúncia. Só que dessa vez não se tratava de denúncia anônima, e sim do caso de um contribuinte que abrira loja no Shopping sem inscrição e adquirira estoque de mercadoria, tudo sem o aval do Fisco, esperando arrebentar de vender no Dia das Mães. Convocados pra atender à solicitação, os dois Auditores ficaram tão putos com o chamado do Chefe (logo na tarde de sexta-feira 13!), que fizeram o serviço de má-vontade: não promoveram a contagem do estoque de mercadorias, não lavraram nenhum termo de apreensão e nem tomaram outras providências cabíveis, visando estimular o contribuinte a promover o recolhimento espontâneo da infração.

— O Sr. não pode funcionar sem inscrição! — advertiu o FCF.

— Quem te autorizou a abrir as portas sem o carimbo do Estado? O Sr. não conhece o Regulamento do Imposto de Circulação de Mercadorias? — indagou o FCL.

— O Sr. já leu o parágrafo trinta e oito do artigo 828 do Regulamento do Imposto sobre circulação de mercadorias? — perguntou o FCF.

— Não... Eu...

— E o artigo 195 do Código Tributário? O Sr. sabe o que diz o artigo 195 do CTN? — intrometeu-se o FCF

— Na... Não conheço, não... Mas...

— Assim não dá! Assim não dá! Como é que pode uma coisa destas? O Sr. não tem contador? Qual é o nome dele? — metralhava o FCF, sem dar tempo para o contribuinte responder.

Nisto, o FCL teve uma brilhante ideia.

— É o seguinte, a gente vai lacrar o estabelecimento com essa fita, tá certo? (Mostra uma fita crepe.) Mas você não pode retirá-la! De jeito maneira! E na segunda-feira, o Sr. faça-nos o favor de comparecer na Delegacia Fiscal pra declarar o estoque de mercadorias. Mas veja lá! Leve tudo por escrito, que é pra gente apurar o valor do imposto que o Sr. vai ter que recolher para o Estado!

Como os bravos e diligentes servidores da Receita não dispunham de material adequado para lacrar as portas do estabelecimento, escreveram com caneta Bic no corpo da fita crepe: "INTERDITADO PELO FISCO".

E o sujeito ainda pediu a eles, humildemente:

— Dá pra vocês colocarem a fita mais embaixo? É pra não espantar a freguesia.

Para evitar constrangimentos, os fiscais passaram o lacre improvisado no rodapé da porta blindex.

— Tá bom aqui?

Dizem as más línguas que o contribuinte desobediente rasgou a fitinha e rachou de vender no final de semana. Na segunda-feira, lá estava o empresário, acompanhado de advogado, no dia e hora marcados, exibindo a lustrosa Medida Judicial, que foi gentilmente apresentada ao Fiscal da Cueca Furada.

Ipatinga, 02 de novembro de 2008.

Vim ver as virgens!

Meu nome é J.T. Palhares, e com este nome eu poderia ser qualquer coisa na vida: mordomo, motorista de madame, domador de leões, cafetão, canalha, cunhado, e até negociante de material radioativo para os terroristas da Al Qaeda. Mas, como o meu estudo era pouco, a melhor colocação que consegui na vida foi este emprego como Assistente Técnico em Patologia Clínica. Falando no popular: eu passava o dia inteiro vasculhando fezes com o microscópio em busca de vermes, lombrigas e outros parasitas.

Vocês podem não escutar, mas este barulho que chega aos meus ouvidos é o mugido de uma vaca louca; no local onde me encontro, caído, posso ver a dita cuja pela fresta de meu olho esquerdo. A safada está mastigando algo, e pelo que vejo, acho que é uma vaca sagrada, o couro malhado de preto e branco, parece até que traz um galo pendurado no chifre tocando corneta, ou seria um sino balançando em seu pescoço?

Não sei, minha visão está turva: estou bêbado como um cachorro. Só sei que ela tem dois brincos na orelha, a vaca. E que boca! Acordei assim, caído, estropiado, depois da farra de ontem, encostado a um canto no Templo de Varanasi, na Índia.

E como é que eu vim parar aqui, nesta zelda profunda? Dá um tempo que eu conto. É uma longa história.

Foi no mês de julho, não lembro dia nem ano; reencontrei um ex-veado, amigo dos tempos de Faculdade. Igualmente fodidos, largamos tudo e metemos o pé na estrada. Viajamos quatro meses de navio, como clandestinos, até chegarmos à Índia. Lavamos convés, carregamos sacos de batatas, cozinhamos para duzentos marinheiros, e como não tínhamos dinheiro para pagar as passagens, meu amigo concordou em empenhar o próprio fiofó.

Depois da novela "Caminho das Índias", ficou fácil viajar para a Índia: aqui todo mundo fala português melhor do que os brasileiros analfabetos, graças à novela da Karla Perez.

Na cidade de Anun Kinor, eu e meu amigo conhecemos o Templo de Ônan, onde os cantos são entoados no balacubaco de centenas de discípulos se masturbando. Na Índia, a punheta é abertamente praticada nos locais consagrados ao deus Príapo: lá, os adoradores da manipulação priápica não são condenados pelos padres a ter as mãos cheias de cabelos. Ao final do ritual, a geleia seminal — com a qual são feitos perfumes exóticos, afrodisíacos e cremes que são exportados para o mundo inteiro — é coletada em bacias de ouro e doada para instituições de caridade.

Fomos os primeiros brasileiros a entrar no Templo dos Macacos. Oramos na Igreja dos Ratos, ajoelhamos no Palácio dos Escorpiões, dormimos na cama de palha de louro da mula do Marajá do Rajastão; conhecemos Lorde Gambriacho, mestre na arte de ensinar o Kama Sutra às virgens de mais de setenta anos. Conversamos com santos, profetas, andarilhos e malucos em profusão.

— Hei! Cuidado! Não pise nessa ratazana velha! Ela pode ser a sua avó!

Vimos coisas que até Mãe Diná duvida. Conheci Sansara, Pranaiana e toquei com a ponta da língua a bata de Xanana Gusmão.

Em Rudah Oh Rudesceh, no Templo dos Tolos, ouvimos discursos embalsamados em ratoeiras, palavras cascudas. Vimos homens esquálidos, barbudos, desdentados, vestidos apenas de sunga, que vivem com um quilo de arroz por mês, dormindo em camas de pregos. Ouvimos mantras sorvidos pelos fiéis ao som do escapamento de milhares de automóveis, em meio a buzinas e mais buzinas.

A Índia não para, o trânsito é uma loucura. Em Bombaim, compramos um riquixá e carregamos turistas ingleses pra baixo e pra cima. Andando pelas ruas, presenciei litanias sôfregas entoadas ao som de sinos budistas; por toda parte havia cheiro de incenso, ouvia-se o som de clarinetas, cobras saindo de cestas, o farfalhar dos véus, o encanto oculto das virgens dançando com sáris coloridos. Mistério, encanto, cheiro de rato queimado, dor de barriga e mirra.

Uma tarde, quando eu descansava próximo a uma fonte, um *rishi* velho, caolho, desdentado, vestindo um fraldão de algodão, me ofereceu um tchai de Halicacabum. Tomei a bebida, fiquei muito louco, e foi então que eu vi. Olhei para cima e vi o céu se abrindo, o sol grande e ardente, se desfazendo no branco das nuvens qual gema se desgarrando da clara; do ranho vermelho do astro de fogo vazava o grelo de Krishna. Kali. Meu corpo virou sol, minha mente virou sol. Meu pinto continuava mole.

Fiquei três dias parado ao lado de uma estátua do Mahatma, sem mover um dedo, sem me importar com chuva, sol, vento, muito menos com pombos defecando em minha cabeça: desliguei-me do mundo, "como as pedras que choram sozinhas no mesmo lugar".

Longe de casa, depois de semanas e meses sob os efeitos alucinógenos do chá de Halicacabum, descobri o sentido da vida. A música do Raul Seixas, "Ghita", que ouvi quando era adolescente, há trinta e dois anos, soou como martelada em minha mente ocidental. Consegui ficar noventa e três dias sem tomar banho, meditando dentro de uma caverna em posição de lótus. A pele de meu corpo ficou grossa como couro de camaleão.

— Mas, afinal de contas, por que você veio se meter na Índia? Até agora você não nos respondeu.

— Por chongas, tenham paciência que a história é longa!

A minha vida estava uma bosta, desde o dia em que o Laboratório de Análises Clínicas onde eu trabalhava foi vendido para uma multinacional, comandada por um incompetente e seu auxiliar, um efebo de bunda lisinha, em cima da qual meu chefe cheirava longas carreiras de farinha. Resumindo, fui incompetente, não soube mexer os pauzinhos, errei o diagnóstico de um exame de fezes e dancei, ao som do Balanço Escorregadio. A coisa fedeu. Fui despedido.

Vaguei pelas ruas. Na sarjeta, caí em desespero: sem ter o que comer, devendo a Deus, ao Diabo e às Casas Bahia. Pedi esmolas, girei bolinhas nos sinais, catei latinhas de alumínio. Fui preso. Na cadeia, para sobreviver vi-me obrigado a pintar as unhas com esmalte vermelho.

Fazia oito anos que o meu pau não subia, nem com Viagra do Paraguai. No ápice de meu declínio psicoemocional, fui morar em uma pensão de terceira, reduto de prostitutas, viciados e trombadinhas. Depois de assistir alguns capítulos da novela "Caminho das Indias", fiquei maravilhado com o cenário de possibilidades oferecidas pela cultura oriental. Criei coragem e me mandei para a Índia: precisava reencontrar meu equilíbrio interior.

Na Índia existem religiões para todos os gostos: são três mil deuses fazendo a festa dos pagãos. Qualquer pecador, por mais impuro que o cara seja, tem a chance de ser abençoado pelo fogo antes de passar para o outro lado. Tudo é Um. Viver e perecer são faces da mesma moeda. Nascer é morrer pra fora. Morrer é nascer pra dentro. Todos os seres circulam uns nos outros, todos os rios e canaletas escorrem para o olho do cu do mundo.

Logo que cheguei a Nova Deli, resolvi purificar meu corpo com o ritual de "pujas". "Pujas" é como se chama o ato de mergulhar a cabeça nas águas sujas e pútridas do Ganges — rio sagrado onde são lançados cadáveres, fezes, restos de comida, tripas de galinha e lixo hospitalar. Bebi água contaminada, peguei uma infecção urinária e passei dois meses boiando em uma maca, empurrado de um lado para o outro no corredor de um hospital lotado.

Ontem, logo depois de ouvir o discurso do Lula pela Radiobrás, dizendo que o Presidente quer tirar o povo da merda, bateu em mim um arrependimento, uma saudade do Brasil, "o que é que eu estou fazendo com a minha vida? Eu quero é voltar lá pra Bahia!" Mas eu estava sem grana, mais quebrado que arroz de quarta.

De banzo, resolvi sair pra rua. Bati a porta do moquifo onde eu me escondia da chuva, peguei o que restava de minhas rúpias e gastei tudo em cachaça.

Não sei quantos dias fiquei bebendo. Perto do cais, conheci alguém, acho que foi uma negra listrada, sei não, ou seria uma cabrita indiana? Vacilei; não lembro o nome da firanga, mas ouvi um longo mugido antes de desmaiar novamente e acordar neste beco escuro, tremendo de frio.

Quando me dei conta, estava só de camisa, sem cueca — peça que nunca fez parte de meu figurino — e ainda calçando o meu All Star velho e fedorento. Deparei-me com uma grande vaca mastigando o meu cinto e o que restara de minhas calças. Que loucura! Com a boca cheia de baba, servindo de lubrificante para a digestão, a filha de uma égua partiu para cima do meu tênis! Meu tênis não!

Porém, meus apelos foram vãos. A chifruda arrancou meus sapatos com duas mordidas cirúrgicas e os mandou pra longe. Em seguida, passou a lamber os meus pés. Tive medo que a vaca os comesse. Mas, não! A língua quente, a pressão causada pela sucção, o movimento ritmado da boca bovina, pra dentro e pra fora, engolia o meu pé inteiro, um de cada vez, como se a malhada estivesse chupando um picolé de chulé! No início, fiquei com medo. Tentei me safar balançando os pés, mas a vaca virou-se e colocou o úbere em cima da minha cabeça, me prendendo no canto da parede.

Amigo, na Índia a vaca é sagrada. Aqui, se você fizer com uma vaca tudo o que está acostumado a fazer no Brasil, pode crer, o castigo será inevitável e nunca mais você sentirá o balançar de suas bolas ao jogar futebol.

Pelos pentelhos de Lorde Cornicha, eu tentei resistir, juro que tentei! Eu sabia que estava sendo usado, ó, Lorde, para satisfazer os caprichos de uma vaca! Mas a visão profana do animal sagrado me lambendo os pés, aquela língua ardente, sugando desde o dedão até o calcanhar, ah, como era bom! Um calor subiu por minhas artérias, fazendo ribombar meu coração.

Fraco, não conseguia levantar o tronco, tampouco mover as pernas. Ao tentar me levantar, fui surpreendido por uma explosão de vapor expelida pela vagina da vaca malhada. A devassa mijou na minha cara!

Surpreendido pelo golpe baixo da safada, levantei a cabeça e meti a boca nas grandes tetas, rindo e chorando, o leite me escorrendo pelo queixo. Quase desmaiei, sufocado pelo jato de urina quente. Perdi a consciência, entrei em outra dimensão. Escalei o Himalaia e voltei. Cansado de me debater, entreguei-me aos prazeres da vaca. Consegui controlar a respiração. Quando a vaca acabou de urinar, senti um formigamento nas pernas, um aconchego, paz e tranquilidade na alma. Em transe, atingi o nível supremo do caldeirão orgástico de meu ser: vi-me regressando ao caos original, ao momento exato em que o espermatozoide de papai penetrava o óvulo de mamãe, tudo muito rápido, girando em caleidoscópio, a célula ovo se dividindo, formando membros, olhos e coração. Eu estava dentro do ventre materno!

Finalmente, compreendi meu Darma. Relaxei. O mundo estava dentro de mim. Foi então que me dei conta da transmutação peniana que se operava em meu âmago. Depois de oito anos, voltei a sentir a cabeça da minha glande! E ela estava viva, intumescente e dura, como o aço indiano da Mittal, Roxana nas profundas! Eu estava curado!

Ipatinga, 29 de dezembro de 2009.

Luminosa manhã. A figura surgiu de repente, por trás da chaminé da Usina de Aço, e planou sobre a Prefeitura. Todo mundo viu e acreditou — até os jornalistas que duvidam de tudo e de todos, mas que, por motivos etílicos e profissionais, vivem à cata de notícias pagas. Estes já tinham a manchete da capa:

A VOLTA DA MULHER BARBUDA

Para Dimitri

A pele da amazona, montada no cavalo de asas, era negra, resplandecente, como a carne de Afrodite esculpida em bronze. Cabelos negros nos ombros caídos, e que bunda! Ninguém duvidaria de tamanha beleza, mas perguntar é o trabalho dos repórteres. O que pretendia a Vênus radiante? Haveria chegado, finalmente, o dia escuro da justiça?

Na Praça dos Três Poderes, a dama negra desceu do animal alado; as longas madeixas escondiam os faróis túrgidos dos seios. Dos pelinhos de sua gruta, à medida que avançava em direção à Praça Principal, exalava um rastro de primavera, em pleno mês de fevereiro.

A TV entrou em cadeia nacional. O povo da cidade, acostumado a apreciar desfiles de carroças puxadas por pangarés e maravilhado com a nova aparição, nem reparou que a mulher tinha o rosto coberto por espessa barba negra.

Puxando o cavalo pelas rédeas, a cavaleira, sentindo sede, dirigiu-se ao vendedor de picolé. O populacho formou um círculo ao seu redor.

— Tem de quê? — perguntou.

— Tem de doce de leite, coco, chocolate e ovo de avestruz.

— E de veneno de cobra-coral? Não? Pelas barbas do profeta, como se chama esta cidade?

O menino balançava a cabeça, sem palavras. Esquecera até o nome da cidade onde morava. Paralisado, ao retirar o rosto de dentro da caixa de isopor deu de cara com a testa cabeluda da mulher nua, e por mais que se esforçasse não conseguia fugir do olhar penetrante da esfinge de barba:

— Como é que eu vou contar para o Pastor da minha Igreja que uma mulher pelada surgiu na minha frente e eu não olhei nos peitos dela? O pastor não vai acreditar! (Diz a Bíblia: "Se teu olho direito te faz pecar, arranca-o fora!" — Mateus, 5:29-30).

Os curiosos não conseguiam tirar os olhos da figura barbuda, que desfilava pelas ruas do centro. Quem ousaria enxergar a verdadeira beleza de uma mulher nua, bela e jovem? E fitá-la por dentro, no íntimo de seus desejos mais profundos, como fazem os fotógrafos da *Playboy*? Por fora, toda mulher é igual: bocas, peitos, pernas, mãos. Mas por dentro, não.

Não se falava em outra coisa. O rebuliço estava formado. E deu-se a profecia do maluco: naquele dia a Terra parou. Quem ia para o trabalho na Usina Siderúrgica mudou de ideia e tomou rumo da Praça. O trânsito engarrafou, os camelôs pipocaram, barraquinhas de churrasco e cerveja surgiram por todos os lados. A dona de casa não saiu para o mercado. O operário que tomava banho saiu pelas ruas gritando — Eureka! — como se tivesse sido acertado por um raio. Lojas e bancos cerraram as portas. Funcionários públicos vestiram os paletós e desceram para a Praça. Até a sessão da Câmara dos Vereadores, entretida em agraciar um cavalo com o título de Cidadão Honorário, foi interrompida.

— De onde veio essa mulher? É gravação de novela? O que está acontecendo?

Outros, espantados, diante do quadro, assim falavam:

— Minha Nossa Senhora, que cavalão! E o bicho tem asas! Será que ele voa de verdade?

— Se ele voa?! Você não tá vendo as asas? Se o cavalo tem asas é por que ele voa, sua besta. Eu estava aqui na hora em que a barbuda desceu montada nele!

— Ah, não existe cavalo voador. Isso só pode ser propaganda do BMA (Banco Meu Amigo), lançando um novo financiamento para os aposentados.

— Não é ensaio de carnaval?

— Não é não. É a mulher jabuticaba, vi o anúncio no Programa do Ratinho, lançando um novo creme feminino para acabar com as estrias!

— Que nada! Deve ser comercial de aparelho de barba! Cês não tão vendo a cara dela? O que é aquilo?! Jesus! Será que ela é irmã do Toni Ramos?

— Olha lá! Olha lá! O bicho vai cagar!

De súbito, o animal estacou, como que impedido por uma placa de PARE, sinal que ninguém na cidade respeitava. Com os olhos injetados, o cavalão branco comprimiu a junção das asas, atracou nas quatro patas, levantou o rabo e piscou os anéis do ânus cinco vezes. Depois de expelir gases flatulentos, o quadrúpede voador deixou no asfalto dois baldes de estrume esverdeado. Ato contínuo, desencapando a pistola, urinou uma urina quente, espumosa.

— Nó, que peruzão! — admirou-se o travesti, que fazia ponto na Praça Primeiro de Maio. Alguém saiu correndo, de celular no ouvido, gritando:

— Prefeito, prefeito, a mulher barbuda voltou!

No gabinete do Executivo Municipal, o prefeito, que experimentava um novo chapéu diante do espelho, assustou-se ao ouvir a notícia. Sem saber o que fazer, abriu e fechou a boca, os beiços colados, como se tivesse acabado de comer um prato de torta de banana:

— Voltou? Mas ela nunca partiu! Agora estou perdido! E veio junto com Lulu, o cavalo de asas?

Enquanto isso, do lado de fora da Prefeitura, a polícia chegava, mas extasiados ao verem a beleza pura da mulher barbuda, os meganhas não conseguiram dispersar a multidão. Caíram na farra.

Um falso profeta declamou em voz alta um versículo da Bíblia e a notícia do final dos tempos se espalhou como o boato da gripe suína.

Apavorada, a cidade se quedou paralisada, pronta pra virar fumaça de Aciaria. Pastores evangélicos lambiam os passos da barbuda. O padre, de olhos vermelhos, distribuía água benta, sem tirar sem tirar os olhos do traseiro da negra cabeluda. Os banqueiros, carregando sacos de dinheiro, distribuíam seus milhões, perdoando credores, avalizando cheques sem fundos, liberando empréstimos impagáveis a juros camaradas. Os presos, libertos das correntes, abraçavam-se como irmãos de sangue, suor e cerveja. As prostitutas saíram em procissão de mãos dadas com as freiras, entoando graças e louvores em cada esquina.

Ao chegar à Praça Primeiro de Maio, o chão preto de minério e sujeira por todo lado — não se via uma lata de lixo no raio de cem quilômetros —, a dama negra deu as costas para o populacho e amarrou o cavalo no tronco de uma árvore. Vendo que a multidão estava inquieta, ordenou que quatro homens tomassem emprestada a mesa de sinuca do bar Recanto Sertanejo e improvisassem um palco no centro da praça, o que foi feito sem lamúrias nem reclamações.

Auxiliada por um camelô e por duas mulheres da vida — uma delas grávida de cinco meses —, a amazona subiu no tablado. Altiva, bicos dos seios apontados para a Prefeitura, a mulher barbuda pronunciou as seguintes palavras:

— Por que o povo dessa cidade não assiste o horário eleitoral gratuito?

O povo se aquietou. Olhando para cima, tentava ver quem era a mulher de voz tão encantadora. A dama de ébano perguntou:

— Por que o povo joga lixo nas ruas?

Silêncio. Ninguém respondeu. Então, a dama negra continuou:

— A Filha da Mãe foi informada de que o povo dessa cidade gosta de churrasco, cerveja gelada e música sertaneja. Por isto eu vim assim, nua, montada em meu cavalo de asas.

No meio da populaça, um sem educação abriu os pulmões:

— GOSTOSA!

Imediatamente, cem homens justos, furiosos com a interrupção, fizeram com que o indigitado da boca rota se calasse, expulsando-o da praça aos socos e pontapés.

Reestabelecida a ordem, a mulher da cor de betume levantou os braços e cruzou-os em frente aos seios. Quando exibiu as palmas das mãos, trazia na direita um ovo, o mais perfeito ovo, que retirou da axila esquerda. O homem que cuspia fogo, vagabundo de circo e conhecedor de truques e magias, permaneceu calado, aguardando o desfecho dos fatos. Depois, Pérola Negra, pletora de peitos e coxas, ergueu o receptáculo branco acima da cabeça, tapando com a mão esquerda os lábios da palavra cabeluda que insistia em mostrar para o povo a língua vermelha, bem no meio de sua vulva.

— VUUUUUUUSSSSSSSHHHHHH!

Uma língua de um fogo que não queima assoprou de baixo para cima, eriçando os pelos da vulva e iluminando o corpo da amazona negra, como se ela estivesse prestes a ser abduzida. Dessa mágica o povo nunca vira na praça, pensou o cachaceiro, tomando mais uma. Ato contínuo, com os olhos voltados para o céu e sem se importar com o lugar onde o povaréu botava os olhos — se era em suas mãos, seios ou nádegas —, a mulher barbuda pronunciou as seguintes palavras:

— Eis o mistério do ovo. Por fora, casca, por dentro clara e gema. Passado, presente e futuro: no ovo, três faces do tempo em única dimensão. O ovo contém o pintinho, que contém a galinha, que botou este ovo que tenho na mão. E tenho dito. Quem chocar o ovo será ovacionado pelo povo. Quem desprezar o povo, pelas mãos do povo será bombardeado com ovos podres.

A claque pulava e aplaudia, ovacionando a negra barbuda a uma só voz:

— O POVO, UNIDO, JAMAIS SERÁ VENCIDO!

Bastou que ela levantasse o braço, como Imperatriz Romana, para que o povo se calasse:

— Eu sou a ovelha negra desgarrada, eu estava perdida e reencontrei meu povo. Em verdade vos digo, a Filha da Mãe veio do Kosovo para lhes trazer a boa notícia: aquele que desde pequenino acostumou-se a roubar ovo da granja do vizinho nunca será convidado para a ceia do mensalão. Eu não vim para ser servida, mas para servir ao povo uma grande omelete, temperada com pimenta da terra e sal a gosto. Vinde a mim os que chegaram antes de minha mãe, os pervertidos, os corruptos, bandidos e vendilhões de votos, por que deles será o Jardim das Cornucópias. Eu vos tenho dito e repito: quem babar no meu ovo será nomeado para cargo público sem concurso, com direito a contratar parentes até o quarto grau.

Proferidas essas palavras misteriosas, a negra apoderou-se de uma grande frigideira que, num estalar de dedos, fez aparecer em cima do fogão novo em folha. Vestiu avental, touca de cabelo e derramou azeite na vasilha. Em seguida, a mulher barbuda, escumadeira na mão direita, rodopiou como bailarina no Lago dos Cisnes, quebrou o ovo no prato e começou a mexer a omelete para cento e setenta mil eleitores.

O povo dançava, maravilhado, antegozando as delícias do aroma que a rica iguaria exalava:

— O POVO, UNIDO, JAMAIS SERÁ VENCIDO!

O Presidente de Honra do Clube do Cavalo, buzinando um caminhão-pipa, apareceu na Praça com dez mil litros de chope. Vendo que o povo tinha sede de verdade, a dama barbuda ordenou que fossem organizadas filas e mais filas. E tudo se deu sem confusão, na mais completa harmonia: o povo crente adorava

uma boquinha. Então, os dez mil litros de bebida foram distri-
buídos, com tamanha fartura que as taças transbordavam conti-
nuamente. Quanto mais o povo eleito sorvia o precioso líquido,
mais cheias se viam as tulipas. No dia da Multiplicação do Chope,
até as crianças foram amamentadas com o líquido dourado, e não
ficaram bêbadas. Milagre! Glória! Aleluia!

Sentimentos de fraternidade brotaram no coração dos cré-
dulos, inebriados pelo chope sagrado. Vendo-se face a face, ví-
timas e algozes, inimigos de outrora, se abraçavam aos prantos.
Canecos na mão, os convivas riam, dançavam e cantavam antigas
canções de amigos e de irmãos.

Ao fim do congraçamento, era chegada a hora de servir a
refeição, feita com apenas um ovo para cento e setenta mil eleitores. Sentado no chão, nos bancos, nas cadeiras dos bares, em-
poleirado nas árvores e janelas, o povo faminto esperava. Com
gestos suaves, a deusa negra de face barbuda tirou o avental e a
touca de cabelo, ficando novamente nua em pelo. E levantando o
ovo no alto da cabeça, agradeceu pelo alimento:

— Ouçais, todos vós: este é o ovo gerado por mim para
regozijo de vossos pecados. Ovo para o pai, ovo para a mãe, ovo
para o filho, ovo para a tia, ovo para Joãozinho e Maria.

O silêncio era tamanho que se ouvia o zumbido de uma
mosca no rabo de cachorro. A mulher barbuda prosseguiu com
o sermão:

— Quem dentre vós seríeis capaz de pronunciar a palavra
"OVO" de trás pra frente, em sete dialetos africanos? Povo, vós
não sois galinhas poedeiras! Aves condenadas a viver em gaiolas,
comendo qualquer porcaria, televisão ligada noite e dia em vos-
sas cabeças, para serem abatidas aos quarenta e cinco dias! Nem
só de ovo viverá o povo, disse minha mãe. Atentai: o povo não foi
feito para o ovo, o ovo é que foi feito para o povo. Se vós retirás-
seis a letra "P" da palavra POVO, o ovo continuaria sendo OVO,
mas e o povo? O que seria do povo sem o ovo?

A dama negra, de olhos fechados, mergulhou no silêncio.
O povo, em suspenso, sequer respirava; bebia cada palavra da

amazona como se fosse o maná. Depois de um minuto, a mulher barbuda abriu os olhos e prosseguiu com seu discurso:

— Irmãos, guardem bem estas palavras: do ovo viemos, para o ovo em pó voltaremos, e pelo voto do povo nasceremos de novo. Não se faz massa de pizza sem quebrar os ovos! Eu vim para acabar com este tempo em que a mentira é servida sem sal, pelo preço módico de um real. Muitos políticos, hoje, não valem um ovo podre na cara. São muitos os candidatos, mas poucos terminarão o mandato sem manchas na cueca, louvada seja a Polícia Federal. Irmãos, quantos pintinhos inocentes deixaram de nascer, assassinados na casca do ovo, para matar a fome insaciável dos homens por mais e mais grana? Tenho dito: é chegado o tempo em que será mais fácil nascer cabelo em ovo do que um candidato com a Ficha Limpa ser aceito à mesa no Restaurante dos Ratos.

Até que alguém gritou do meio da multidão:

— Vamo pará com esse papo furado que eu tô morrendo de fome! E tem muita gente furando fila!

Ipatinga, 24 de maio de 2008.

Esta obra foi composta em Minion 11/13,1.
Impressa com miolo em offset 75g e capa em cartão 250g,
Por Createspace/ Amazon.

www.ingramcontent.com/pod-product-compliance
Lightning Source LLC
Chambersburg PA
CBHW071354170626
46811CB00003B/1126